低入尘埃

Philip Roth

THE HUMBLING

[美]菲利普·罗斯——著　　杨向荣——译　　　　上海译文出版社

献给 J.T.

目　录

一、窘　迫

　　他魅力顿失，激情枯竭。在舞台上他从来不曾失过手，他所作的一切都那么铿锵有力和成功，接着可怕的事情来了：他不能表演了。登台已成为痛苦不堪的折磨。他不再信心十足地认为自己会创造奇迹，相反心里清楚会必败无疑。这种感觉接连出现了三次，最后一次出现时已经没有任何人感兴趣，没有任何人来看了。他已经招不来观众。他的才华消陨殆尽。

　　当然，如果你拥有这份才华，肯定也会有异于常人之处。我生来就跟常人不同，阿克斯勒对自己说，因为我就是我。那种特质跟我形影不离——这点人们将永远不会忘记。可是，曾经环绕他的光环，以及所有那些做派、怪僻和个人特立独行之处，那些曾为出演福斯塔夫和培尔·金特以及万尼亚服务的气质——作为古典戏剧演员中最后的高人，那种给西蒙·阿克斯勒带来显赫声名的东西——如今没有一丁点儿可以给他的任何角色派上用场了。曾让阿克斯勒显得卓尔不群的一切，现在反而把他弄得像个疯子似的。他每时每刻都惦记着自己在舞台上可能出现的最坏情况。过去，只要表演，他脑子里就什么杂念都没有。他表现得最出色的东西全都出自本能的发挥。现在他脑子里可谓无所不想，而且各种东西同时纷至沓来，生命力惨遭扼杀——他试图借助思考来控制它，到头来却消灭掉了它。认了吧，阿克斯勒告诉自己，看来他是碰上倒霉期了。虽然已经年过六十，没准这个霉头终会过去，因为他仍然承认自己还是不错的。何况他不是第一个经历这种倒霉期的经验老到的演员了。很多人都有过类似经历。我以前就碰到过，他心想，所以我终究会找到解决的出路。这次我虽然不知道如何才能找到出路，但我定会找到——定会挺过去。

　　到头来还是没挺过去。他不能表演了。从前在舞台上专心致志的本事没了。现在每一场演出他都害怕，而且提心吊胆的感觉会长达一天之久。他经常花整天的时间思索这辈子在上场表演前从不思索的问题：我可能会失败，我演不好，我在扮演不当的角色，我的表演太过火，我的表演虚情假意，我甚至都不知道该如何处理第一句台词。其间，他巴不得干上一百件貌似不做不行的事儿来佯做准备以消磨时间：我得再看眼对白，我得休息，我得练习，我得再看眼对白，到该登台演出时，他早已精疲力竭。这时他又害怕上台了。听到提醒演出的时间越来越迫近，他心想自己这回可能要演砸了。他等着快点开始，早点解脱好了，等着变成现实的刹那快点到来，等着忘记自己是谁，变成扮演这个角色的人，可是他却站在那儿，头脑完全茫然，做着人们不知道自己在干什么时才会做的那种动作。他既不能表现什么又无法收回去；他的表演既不流畅，也不内敛。表演成为一种夜复一夜、试图解脱某种东西的操练。

那种感觉最初是从人们跟他讲话开始的。三四岁的时候，他就已经对自己讲话和听人讲话陶醉不已。从一开始他就感觉自己在入戏。他驾驭聆听的那股专注和全神投入劲儿，堪比个别演员对激情释放的驾驭。当然，在舞台之外，他同样具有那种力量，特别是还比较年轻的时候，跟那些女人在一起的时候：她们意识不到自己还有故事，最后他揭示出她们不仅有故事，还有自己独特的声音，以及谁也不具备的气质。她们后来都成了跟阿克斯勒搭档的女演员，成为自己生活中的女主人公。舞台演员鲜有能像他那样讲话和善于聆听的人，但是如今这二者他都不行了。感觉那些仿佛灌入耳朵的声音像在慢慢地渗出去，他说出的每句话似乎都是在表演而不是讲话。他表演的最初源泉都在自己听到的东西中，他的表演的核心就是对自己听到的东西的反应，如果不能听了，听不到什么了，他就没有任何往前走下去的资本了。

有人让他在肯尼迪中心扮演普洛斯佩罗和麦克白——雄心勃勃的连场演出想来都严峻——糟糕的是这两个角色都演砸了，但麦克白演得要更糟些。莎士比亚塑造的低强度和高强度角色，他都演不好了——可他演了一辈子的莎剧。他演的麦克白油腔滑调，看过的人个个都这样说，连许多没看过的人也瞎起哄。"不，他们甚至都没去过现场，"他说，"就来侮辱你。"许多演员借着酒劲来摆脱尴尬。有则流传甚广的玩笑讲的就是这种情形：有个演员上台之前总要喝酒，当被警告说"你不能喝了"，他就回答："什么，难道独自从这儿出去?"可是阿克斯勒从不喝酒，所以他崩溃了。他的崩溃来得非同小可。

最糟糕的是，他对自己精神崩溃的洞察跟演戏如出一辙。

这是一种剧痛，但他仍然怀疑这不是真的，事情因此变得雪上加霜。他甚至不知道如何从这一分钟混到下一分钟，他的思维感觉像在融化，对自个儿独处恐惧得要命，一个晚上睡不了两三个小时。他不思饮食，每天都考虑着用藏在阁楼上的那杆枪结束性命——那是一杆雷明顿牌 870 型压动式射击步枪，他保存在那幢离群索居的农舍里，用来防身自卫——可是整个这件事儿好像也是一场表演，一场拙劣的表演。当你表演某个崩溃的人物角色时，它是有组织有规矩的；当你观察自己分崩离析，扮演自己死亡的角色时，那又是另一码事，那可是浸透恐怖和恐惧的事情。

阿克斯勒都无法信服自己已经疯了，更不要说让自己或者别人信服他就是普洛斯佩罗或者麦克白。同时他又成了一个矫揉造作的疯子。他能表演的唯一角色就是在表演某个角色的人。一个表演神志不清者的神志清醒者。一个表演支离破碎者的健全者。一个表演失控者的控制裕如的人。一个成就卓著的人，一个戏剧界的传奇人物——一个身材高大、魁梧结实的演员，站在那里身高足有 6.4 英尺，长着一个巨大的秃脑袋，一副打手般结实和乱毛丛生的体格，脸上传达的内容如此之丰富，下巴坚毅果断，阔大的嘴巴可以扭成各种形状，从喉咙深处发出居高临下、低沉浑厚的声音，那里好像经常含着轻微的咆哮声，一个大气正派的男人，好像一切考验都能经受得住，而且可以轻而易举地完成赋予一个男人的所有角色，他是坚忍不拔的化身，极力想往自己身上注入某种令人信赖的巨人的利己主义——扮演一个无足轻重的小角色。半夜醒来，他有时会惊声尖叫，发现自己还囚禁在一个被夺去了自我、才华，在这个世界丧失了地位的男人的角色中，依然是一个可恶之人，除了那份失败的记录外一无所有。好几个早晨，他在被窝里一躲就是几个钟头，可仍然躲不掉自己还在表演的那个角色。最后他不得不起床时，脑子里只有一个念头，那就是自杀，而且还不是对这种念头的模拟。一个人想通过表演一个想去死的人来活着。

其间，普洛斯佩罗最著名的台词无法让他放松，也许是因为他最近把这些语言全都粉碎成细末了。这些语言经常在他的脑子里定时重现，很快就变成了一片意义晦涩空洞的叫嚣之声，没有实际意义但却携带着充满个人意味的魔咒。"我们的狂欢现在已经结束。我们的这些演员，我早就告诉过你，全都是精灵/全都化作空气，融入窘迫的空气。"对"窘迫的空气"这几个字他无计可施，无论如何都清除不掉。早晨，他有气无力地躺在床上时，这几个字的音节乱嚷嚷地重复个不休，而且即便这些音节变得越来越莫名其妙的时候，都还笼罩着一圈模模糊糊控诉的光晕。他全部复杂的人格完全处于"窘迫的空气"的操纵中。

阿克斯勒的妻子维多利亚也不再关怀他了，而且如今她自个儿还需要关怀。只要在厨房的餐桌上看到丈夫，她就会哭泣。他双手捂住脑袋，吃不下妻子准备好的饭菜。"试着吃点吧。"维多利亚都恳求了，可他什么都不吃，什么也不说，很快维多利亚就开始惊慌了。她从来没有见过阿克斯勒这样萎靡不振，连八年前他父亲开车跟别人相撞，年迈的父母在车祸中丧生，他都不曾如此沮丧过。当时他只是痛哭了一场，然后挺了过来。他从来都能挺过来。他吃了不少亏，可是自己的表演从来没有跟跟跄跄过。维多利亚一团糟的时候，是他让维多利亚保持坚强，最后渡过了难关。她老要面对居无定所的儿子的吸毒纠葛。随之而来的是衰老的永恒之痛和职业生涯的终结。

失望如此巨大，但是有阿克斯勒在，所以她还是能够忍受。只要有阿克斯勒在就好，可是那个她曾经依赖的男人如今不复存在了！

一九五〇年代，维多利亚·鲍尔斯曾经是巴兰钦①最年轻的宠儿。后来她膝盖受伤，动了一次手术，然后又能跳舞了，然后又受伤，又动了一次手术，她第二次恢复时，别人已经取代了巴兰钦最年轻宠儿的位置。她再也没有恢复过自己的地位。她结婚、生子、离婚，然后是第二次结婚，第二次离婚，然后跟西蒙·阿克斯勒相遇、相恋。早在二十年前，阿克斯勒刚走出大学不久便在纽约的舞台上开始了自己的职业生涯，那时他经常去城市中心剧场看她跳舞。倒不是他多么喜爱芭蕾，而是面对维多利亚通过最温柔的感情方式撩拨得他情欲勃发的本事，年纪轻轻的他难抵诱惑：打那以后，多年来在他的记忆中，维多利亚仍然是情欲悲怆的化身。七十年代后期，他们以四十岁高龄相遇时，已经很久没有人请她去表演了，但是她每天坚毅地去本地一家舞蹈工作室参加训练。为了保持体型的健

---

① George Balanchine（1904—1983），美国舞蹈家。

美和显得年轻，她无所不用其极。可是，那时自己的痛苦已经凌驾于她人为控制的能力之上。

经历了丈夫在肯尼迪中心的那场败落、他的意外崩溃之后，维多利亚也崩溃了，于是逃到加利福尼亚去找儿子会合了。

顷刻间，住在乡下那幢大房子里的阿克斯勒变成了孤家寡人，他害怕自己会自杀。现在什么都拦不住他了。现在他可以向前进，完成维多利亚在家的时候自己深感办不到的事情：爬上楼梯走进阁楼间，给那杆枪装上子弹，把枪杆塞进嘴里，长长的手臂向下伸过去扣动扳机。妻子走后，他选择了这把枪。然而一旦她走了，阿克斯勒独自在家，几乎连最初的一个小时都很难熬过去——甚至都难以爬上通向阁楼梯子的第一级台阶。当天，阿克斯勒就给自己的精神科医生打去电话，请他安排入住一家精神病院。几分钟之内，医生就在哈默顿医院给他找到一张床位，这是一家声誉不错的小医院，向北行程不到几个小时。

他在那里住了二十六天。被一个护士问过话、打开行李、交出自己的"尖锐物"之后，他的各种值钱的东西都被带到商务办公室妥善保管起来。一旦又变成独自一人，待在分配给自己的房间里，他便坐在床上开始一个接一个地回忆自己从二十岁出头成为职业演员后以绝对把握表演过的那些角色——现在到底是什么摧毁了他的自信？他来这个病房究竟要干什么？一幅自我戏仿画像已然成形，此人从来没有存在过，这是一幅毫无所本的自我戏仿画，为什么就成这样了呢？这纯属时间流逝带来的衰落和崩溃吗？这是渐入老境的征兆吗？他的容貌依然令人赞叹。他的演员目标没有改变，为了表演好一个角色不辞辛苦进行准备的态度也没有改变。没有人比他更加殚精竭虑、勤勉辛苦、严肃认真，没有人比他更加惜乎自己的才华，或者更加善于调整自己以适应戏剧这个行当几十年来瞬息万变的形势。骤然间停顿了演艺生涯——此事颇难解释，好像自己在沉睡之际一夜间卸除了身为职业演员的重负和实质。在舞台上讲话和聆听别人讲话的能力——归根结底就是这个，但它又消失了。

他去找的精神科医生法尔博士询问，他遭遇的这一切是否果真没有明显原因，而且在他们每周两次的讨论中，请他仔细反省下这位医生所谓的"一种常见噩梦"突如其来之前自己的生活状况。他的意思是说，这位演员在戏剧舞台上的不幸遭遇——登上舞台后却发现自己根本就演不了，这种不知所措的打击——这种内容在人们做的跟自己有关的纷扰梦境中很常见。这里所谓的人们不是指像西蒙·阿克斯勒这样的职业演员。上了舞台却不会演戏是很多病人在不同场合诉说的常见梦境。此外，有人梦见自己赤身裸体行走在熙熙攘攘的城市大街上，有人梦见自己在毫无准备的情况下参加一场事关重大的考试，有人梦见自己从一道悬崖上坠落下来，有人梦见自己在高速公路上发现车闸失灵了。法尔医生要阿克斯勒谈谈他的婚姻、父母的死亡、跟毒瘾缠身的继子之间的关系、童年时代、青春期、步入演员职业的开端、他二十岁时死于红斑狼疮的姐姐等情况。医生想听听他最近几个星期和几个月来在肯尼迪中心出场的具体细节，想了解他是否还能想得起发生在这段时间的大大小小的事件。阿克斯勒努力做到陈述时忠实原貌，以便让自己的病根暴露出来——而且借此可以恢复自己的能力——可是他所能告诉的这一切，坐在这位充满同情心和凝视聆听的心理医生对面诉说的任何东西，都不是引起这个"常见噩梦"

11

的原因。相反，这样倒变本加厉地催生出新的噩梦。可是他仍然没有放弃向医生倾诉，每次他都照来不误。干吗不试试呢？痛苦到某个份儿上，你就会不惜一切来解释自己出了什么问题，纵然知道什么都解释不了，而且接二连三的解释均告失败。

在医院住了二十多天之后，某天晚上，阿克斯勒没有像平时那样，在夜里两三点钟醒来后在恐惧中毫无睡意地躺到天亮，而是一觉睡到早晨八点钟。按照医院的标准，这个时候已经晚到需要护士上房间来叫醒他跟别的病人去餐厅吃七点三刻开张的早点，然后开始当天的活动，包括小组治疗、艺术治疗、一场跟法尔医生的咨询、一场跟理疗师的讨论，这位女医师正竭尽全力医治他的慢性脊椎疼痛。清醒的每个小时，各种活动和会见安排得满满的，目的是为了不要让患者回到房间忧郁沮丧，痛苦不堪地躺在自己的床上，不要像某些人那样，晚上围拢在一起探讨曾经尝试过的自杀手法。

有好几次，阿克斯勒跟那伙要自杀的病人坐在娱乐室的角落，听他们回忆策划一死了之的那股热忱劲儿，然后又哀叹没有如愿以偿。每个人依然沉浸在自杀企图的崇高的幻觉中，为最终活了下来而感到羞耻难当。有人真的下得了手、真的能控制自己的死亡，这种境界让他们所有的人迷恋不已——这是他们天经地义的话题，就像男孩子谈论体育运动一样。有些人把那种感觉描述得非常像一个精神变态者杀害别人时产生的冲动，当他们打算自杀时会铺天盖地涌过来。一个年轻女人说："你好像对自己、对周围的每个人都麻木不仁而且完全无动于衷，可是你却能做出最困难的行为的决定。这令人欣喜，令人鼓舞，令人痛快。""没错，"某人会说，"这里有某种残忍的快感。你的生命在瓦解，已经失去了核心，而自杀是一种你能控制的行为。"一个年迈的老人，一个曾想在车库吊死自己的退休中学教师，向他们发表过一场关于"外行"如何看待自杀的演讲。"人们总想解释自杀是怎么回事，解释它，评判它。对那些事后幸存者来说，需要找个方式来思索它，这想来简直令人惊心。有人觉得自杀是懦弱的行为，有人觉得自杀是犯罪，是针对活人的犯罪。另有一派思想认为自杀是英雄壮举，是勇敢的行为。于是就有了纯粹主义者的主张。对他们来说这个问题就变成了：自杀是正当的吗，有充分的根据吗？心理医生的观点更具临床色彩，既没有惩罚的意味，也不予理想化，只是想描述自杀的精神状态：他自杀时处于什么样的精神状态。"

此人每晚都不厌其烦地沿着这条思路苦思冥想，似乎他不跟别人一样是个备受煎熬的患者，而是一个客座讲师，请来阐述这个让大伙昼夜寝食不安的话题。一天晚上，阿克斯勒忽然开始夸夸其谈——他意识到这是在表演，是放弃表演以来当着最多一群观众的表演。"自杀是你们替自己写的一出戏，"他告诉大家，"你们依附于这出戏而存在，表演这出戏。全都是精心的舞台设计——人们在什么地方找到你们，以及如何找到你们，都做过精心设计。"他又补充了一句，"只许演一次的戏。"

在他们的谈话中，丁点儿隐私都痛快地昭然若揭，而且暴露得寡廉鲜耻。好像自杀是多么崇高的目标，而活着是多么可恶的状态。因为演过好几部电影，阿克斯勒碰到的某些患者立刻认出他来，可是这些人完全沉溺在自己的苦苦挣扎中，对他的关注程度绝对不会超过除了自己之外的任何普通人。工作人员忙得不可开交，阿克斯勒在戏剧界的赫赫声名根本不可能让他们分神太久。在这家医院，他不仅完全不获得别人的认可，连自己都不认识自己。

从他再次发现睡了个通宵的奇迹的刹那，不得已被护士叫醒吃早饭之后，他就开始感觉到那种可怕的昏沉了。他们在未经本人许可的情况下给他服了一种治疗精神忧郁的药物，然后又服了一次。最后，服完第三次后并没有引发什么难以忍受的副作用，但是至于有什么好作用，他自己都说不上。他绝不相信自己的好转跟药物、心理咨询、集体治疗、艺术治疗，所有这些感觉恍若空洞无物的训练有任何关系。随着出院时间逐渐临近，继续让他感到恐惧的是，自己身上发生的这一切好像查不出别的原因。当他告诉法尔医生——此人也在竭尽所能，试图在他们会面探讨时找出个原因来让自己更感心安——没有说得过去的理由，他却丧失了作为演员的魅力，而且好像不由分说那种结束自己生命的欲望开始退潮，至少暂时如此吧。"任何事情的发生都没有什么理由好说的。"那天晚些时候他对医生说，"得之失之——世事从来无常。无常的威力无限巨大。颠倒翻转大有可能。没错，随时有不可预料的逆转，力量格外强大。"

快出院的时候，阿克斯勒认识了一个朋友，每天一起吃晚饭的时候，她就反复向他讲述自己的故事。他最初是在进行艺术治疗时认识她的，之后，他们经常隔着餐厅的双人桌面对面能坐上两个小时，絮絮叨叨地聊着天，像一对在约会的恋人，或者说——考虑到三十岁的年龄差距——更像一对父女，虽然讲述的全是她自杀的念头。他们邂逅的那天——她到后没几天——艺术室里除了治疗师外只有他们两个人，治疗师对待他们就像幼儿园的两个孩子，给每个人发了一张白纸和一盒彩色蜡笔玩儿，告诉他们随心所欲画什么都可以。他想，那个房间最缺的就是那些小桌小椅了。为了讨好治疗师，两个人默默地画了十五分钟，然后又为治疗师着想，专注地听着对彼此画作的评价反应。她画了一幢房子，一座花园，他画了一幅自己在绘画的画儿。治疗师问他画了什么时，他说："画的是一个情绪沮丧、老琢磨着自杀的家伙，主动来到一家精神病院接受艺术治疗，治疗师让他画一幅画儿。""如果给你这幅画取个名字，西蒙，叫什么合适呢？""很简单，就叫《他妈的我上这儿来干吗》。"

另外五个约好要接受艺术治疗的病人，要么回自己的床上休息，除了躺在床上哭泣，完全无所事事；要么好像得了急病重症，不经预约就冲进自己医生的办公室，坐在候诊室里准备哀怨妻子、丈夫、孩子、老板、母亲、父亲、男朋友、女朋友——无论谁吧，总之是自己再也不想见到的那个人，或者只要医生来了，没有咆哮，没有暴力或者暴力威胁，仍然愿意再次见到的那个人，或者自己思念得要命却无法生活在一起的那个人，以及只要能挽回对方、做什么都可以的那个人。每个人都在坐等某个转折点的到来，然后去挞伐亲人，诽谤兄弟姐妹，贬低配偶，替自己辩护或者批判和怜悯自己。他们中有那么一两个人也许还能集中注意力——或者假装集中注意力，或者努力集中注意力——做些事情，而不是守着自己的悲苦不放，同时又等待医生，比如浏览《时代》或者《体育画报》，或者捡起地方报纸试着做做字谜游戏。其他人都郁郁寡欢、沉默不语地在那儿坐着，内心高度紧张，独自排练着——用流行的心理学或者喷涌而出的猥亵或者基督徒般的痛苦或者妄想病理学的语汇——戏剧文学古老的主题：乱伦、背叛、不公、残忍、报复、悲伤。

她是个鬼怪精灵、肤色苍白的棕发女人，像个只有自己实际年龄四分之一的病恹恹的女孩，瘦骨嶙峋得好像随时会折了。她叫西比尔·冯·布伦。在这位演员看来，她那三十五岁年华的肉体不仅拒绝变得强壮，而且害怕显露出力量。然而，以她那副柔弱娇嫩之身，居然在通往艺术治疗主大厅的路上告诉阿克斯勒："你愿意跟我一起吃晚饭吗，西蒙?"太奇妙了。她内心还有某种憧憬没有被吞噬掉。或许她请求阿克斯勒陪在身边是希望侥幸能在他们之间点燃某种东西，能够完成她未竟的作为。就这个活儿来说，他的块头显得太大了点，远比鲸鱼相对于她这般小簇浮游生物的块头大。即便在这里——如果没有药典的支持，任何稳定的假象，更不要说鲁莽了，都不可能长久地抑制住在这道大峡谷后面打着旋儿的恐惧涡流——他仍然没有失去那个总喜欢把自己塑造成原汁原味的奥赛罗的不祥男人的散漫松垮、大摇大摆的步态。哦，没错，如果她还有彻底沉沦的任何希望，也许这个希望就在于奉承他。总之，在这件事情发生之初，他就是这么想的。

"我在谨小慎微的压抑中生活得太久了，"第一次共进晚餐的时候西比尔就这样对他说，"要做一个能干的主妇，懂园艺、会缝纫，样样东西都会修理，同时还热心举办排场的晚餐聚会。要做那位富有而强势的男人沉默寡言、坚定不移、忠心耿耿的密友，对抚养孩子怀着毫不含糊、全心全意、传统老派的奉献精神。这是一个微不足道的凡人最普通的生活方式。没错，我经常出去买些日用品——还有什么比这个更凡俗的吗?

18

为什么世人会担心这个呢？我把我的女儿撒在屋外小院的后面玩儿，把我们的小男孩搁在楼上的小床上睡觉，我那富有强势的第二任丈夫看着电视上的高尔夫球联赛。我出去转了圈又回到家里，因为到超市时才发现忘了带钱包。小的那个孩子还在睡觉。起居室里那场高尔夫球赛还在进行，可是我的八岁女儿却直挺挺地坐在沙发上，没有穿内裤，我那富有强势的第二任丈夫跪在地板上，脑袋埋在女儿肉乎乎的小小的大腿中间。"

"他在干吗？"

"做着男人在那儿干的那种事儿。"

阿克斯勒看着她哭泣，沉默不语。

"你看过我的画了，"她终于对阿克斯勒说，"阳光亮灿灿地照耀在一幢漂亮的房子上，园地里鲜花盛开。你了解我。人人都了解我。我凡事都往好处想。我更喜欢那种方式，我周围的人都喜欢这样。他膝盖离地站起来，镇定得要命，说女儿抱怨那里痒痒，老是不停地抓挠，所以，免得孩子抓伤了，他看了眼，要搞清没什么大碍。他安慰我说，孩子没事儿。他什么也没看到，没有丁点瑕疵，没有任何伤口，没有一粒皮疹……她挺好。'好吧，'我说，'我回来取钱包。'我没有到地下室去拿他的那杆来复枪把他打个千疮百孔，而是在厨房找到钱包说'再见，大家'，然后去了商店，好像自己看到的一切不过是桩普普通通的小事儿。在茫然若失和无语发愣中，我把两个购物车塞得满满的。如果不是店老板看到我哭哭啼啼地要离开，过来问我还好吗，我可能会塞满不止两个、不止四个，甚至不止六个购物车。他开车把我送回家，我把我们的车扔在停车场，我让人给送回来了。我连楼梯都爬不上去了。我得扶着上床。我在床上躺了四天，不说话不吃饭，只能勉强拖着身子去卫生间。最后，我发了一场高烧，人都爬不起来了，要求卧床静养。我那个富有强势的第二任丈夫并没有显得更加焦急。我的小宝贝艾莉森温馨地拿来一个花瓶，里面插满从我的花园里采来的鲜花。我都问不出口，都不忍心问她：'是谁脱掉你内裤的？你想告诉我什么？你到底真的有没有什么痒痒，你可以等等啊，你就不能等到我买好东西回来让我看看吗？可是，宝贝儿，如果你并不痒痒……宝贝儿，是不是有什么事儿你不想告诉我，因为害怕吗……'可是我却害怕了。我都问不出口。到第四天的时候，我自认为把一切都想了个遍，两个星期之后，乘艾莉森去上学，他在上班，小儿子在睡觉的工夫，我翻腾出葡萄酒、安定片和塑料垃圾袋。可是我却受不了那窒息。我心里慌极了。我吃了药片，喝了葡萄酒，我记得当时接触不到任何空气，于是匆忙撕开袋子。我不知道对哪个更后悔——尝试过呢还是尝试过却失败了。我就想毙了他。就在此刻他单独跟他们在一起，我却在这儿。他始终跟我的宝贝儿小女儿在一起啊！不能这样！我给妹妹打电话，让她跟他们在家待着，可是他却不让我妹妹在家过夜。他说没这个必要。她就走了。我还能怎么办呢？我在这儿艾莉森在那儿！我简直要瘫了！我本该采取的行动压根儿就没采取！我应该抱着孩子冲过去看医生！我应该报警！那是犯罪！法律是禁止这种事情的！可我什么都没有做！可他说什么事儿也没发生，你知道。他说我这是歇斯底里，说我这是被什么蛊惑住了，说我疯了——可是我没有疯。我向你发誓，西蒙，我没有疯。我看见他在干那事儿了。"

"真是太可怕了。可怕的侵犯，"阿克斯勒说，"我明白为什么会这样，这事儿对你产生了什么影响。"

"这是罪恶啊。我需要找个人，"她用呢喃的声音倾诉着说，"杀了那个邪恶的家伙。"

"我相信你会找到一个愿意干这事儿的团伙。"

"你怎么样呢?"西比尔压低嗓门儿问,"我愿意出钱。"

"如果让我当杀手,我肯定无偿服务,"他说,抓住西比尔伸过来的手,"如果某个天真烂漫的小孩遭到侵犯,人们往往会怒不可遏。可我是个丢了工作的演员。我会把这活儿干得一塌糊涂,我们两个都会被投进监狱的。"

"哦,那我该怎么办啊?"她问阿克斯勒,"你会怎么办?"

"坚强些。好好配合医生,尽量快点坚强起来,这样你就能回家跟孩子们在一起了。"

"你相信我说的,对吗?"

"我相信你看到的不会有误。"

"我们能经常一起吃晚饭吗?"

"只要我在这里待着就没问题。"他说。

"我在接受艺术疗法时就明白了,你会理解。你的目光里有太多的痛苦。"

离开医院的这几个月,阿克斯勒妻子的儿子死于药物服用过量,这位失业舞蹈家跟失业演员的婚姻以离婚告终,互相结合却又不得幸福的男女的千百万篇故事从此又新增了一则。

一天正午时分，一辆黑色小轿车驶进车道，在仓库旁边停下。这是一辆雇用司机开的梅赛德斯牌轿车，从后座出来的白头发小个子男人叫杰瑞·奥本海默，是阿克斯勒的经纪人。住了一段时间医院后，每个星期杰瑞都从纽约打电话过来，想了解他的情况，但是，好几个月过去了，他们从未说过话——这位演员选择在某个时候不再接经纪人和其他很多人的电话——所以这次拜访显得十分意外。他看着已经八十多岁的杰瑞，步履谨小慎微，通过那条石头小路，向大门走来，一手拿着个包裹，一手捧着几束鲜花。

杰瑞还来不及敲门，阿克斯勒就打开门了。

"想过我可能不在家吗?"他说，扶着杰瑞跨过门槛。

"我碰碰运气。"杰瑞和气地微笑着说。他脸色无比和蔼，而且风度优雅，可是，这并没有危及他维护客户利益的坚定性。"好啊，至少你的身体看上去没毛病。除了脸上透着绝望，西蒙，你看上去什么问题都没有啊。"

"你也——灵巧得像枚大头针。"阿克斯勒说，他已经好几天没有换衣服，也没有刮胡子了。

"我给你带来了几束花。我还在迪安和德卢卡那里买来一份午餐盒饭。你吃过午饭了吗?"

他连早饭都没有吃呢,所以只好耸耸肩,接过礼物,帮杰瑞脱掉外套。

"你是从纽约驾车过来的吧。"他说。

"没错,想来看看你怎么样了,想跟你面对面聊聊。我这儿还有些消息要告诉你呢。加斯里在排练《进入黑夜的漫长旅程》。他们打电话问你怎么样。"

"干吗找我啊?我不能演戏了,杰瑞,人人都知道。"

"这种事情不会有人知道的。也许人们只知道你可能碰到了情绪上的挫折,可这不会让你自绝于人类的。他们打算明年冬天上演这部戏。那儿外面冷得要命,可你演詹姆斯·蒂龙最妙不过了。"

"詹姆斯·蒂龙有大量的台词,我说不出来了。演詹姆斯·蒂龙这个角色得很本色,我演不了他。我没法演詹姆斯·蒂龙,我什么样的角色都演不成了。"

"瞧,你的确在华盛顿栽了个跟头。其实这种事儿不管谁迟早都会碰上。任何艺术都不会有铁铸的保险性。很多人都会碰上谁也不知道是什么原因造成的障碍。不过这种障碍顶多是暂时碍手碍脚的玩艺儿。这个障碍迟早会消失得无影无踪，你可以继续前进。没有哪个一流演员不会有感觉绝望的时候，觉得自己的事业就此完蛋，再也走不出倒霉的消沉期。没有哪个演员不会碰到讲台词的时候搞砸了，不知道自己身处何地的情形。不过，每次走上舞台，你都会有新的机会。演员的才华自会重新绽放。如果你已经在舞台上磨练了四十年，你的技艺就不会丧失。你还会知道如何走上舞台，在一把椅子上坐下来。约翰·吉尔古德①曾经说，有时他多么希望自己像个画家或者作家。那样他就可以重温那天晚上糟糕的表演，在午夜时分把那部分去掉重新表演。可是他办不到。吉尔古德在做什么都觉得不对劲儿时，有过一段非常恶劣的体验。奥利维尔②也未能幸免。奥利维尔经历过一段可怕的日子。他遇到了特别棘手的难题。他没法正视任何演员的眼睛，他对别的演员说：'请别盯着我看，因为那会让我心烦意乱的。'他一个人在舞台上连片刻工夫都待不了，他会对别的演员说：'不要把我一个人撇在舞台上。'"

① John Gielgud（1904—2000），英国著名多产演员，以擅长出演莎士比亚戏剧闻名于世。
② Laurence Olivier（1907—1989），英国著名的莎剧演员。

"这些故事我都知道，杰瑞。这些我全都听说过。他们跟我毫无关系。过去，我绝对不会碰到两三个晚上发挥不好仍然缓不过劲儿来的时候。因为过了两三个晚上后我就会想：'我知道我还是不错的，只是没有发挥好罢了。'也许观众没人会知道，可我知道——心不在焉。碰到那种心不在焉的晚上，演戏就形同苦役，我知道这个，可你总会挺过去。如果没有别的任何事儿，你很善于在自己能挺得过去的事情上挺过去。可那完全是另外一码事儿。我要是真的演砸了，事后会通宵达旦地躺在床上苦思冥想。'我失败了，我才尽了，我什么都做不了。'几个小时的光阴在不知不觉间消逝，可是，最后，凌晨五六点钟的时候我会恍然大悟错在哪儿，我简直都等不及，想当天晚上就去那家剧院继续表演。我会继续演下去，再也不犯哪怕一个错儿。那感觉会很美。有那么几天你都等不及去剧院了，你和那个角色之间的联姻完美之极，绝对不会有上舞台还闷闷不乐的时候。那些日子非常重要。很多年来，我一个接一个地拥有这样的日子。哎，一切都过去了。现在如果我登上舞台，都不知道自己出去是干吗来着。都不知道从哪儿演起。过去，为了舞台上的八分钟，我得准备三个小时。那八分钟我深深地沉浸到那个角色中——那是一种出神的恍惚状态，好像是一种很有裨益的恍惚。演《家庭团聚》① 时，第一次登场之前，我提前两个半小时到达剧院，逐渐酝酿情绪，达到你感觉好像被复仇三女神追逐的地步。这非常艰苦，可我还是办到了。"

"你依然能办得到，"杰瑞说，"你正在忘记自己是什么人，忘记自己曾经取得过什么样的成就。你的生活并非一无所成。你会在舞台上以我永远料想不到的方式继续发挥下去。多年来你无数次地让观众兴奋激动，而且永远让我激动。你总是不屑其他任何演员轻轻松松能办到的事情。你不可能甘于平庸凡俗。你想无远弗届。走出去，走出去，走出去，尽你所能走到最远最远的地方去。观众们每时每刻都会相信你，无论你在何处遇到他们。没错，没有什么是永恒不变的，可是，同样没有什么永远的失败。你是才华错位了，就是这么回事。"

"不，我的才华已经不复存在，杰瑞。我从此什么都不能演了。你要么自由，要么不自由。你要么自由，而自由是真实

---

① T. S. 艾略特的一出戏剧，描写主人公从过错到救赎的历程。

的，现实的，鲜活的，要么一无所有。我再也不自由了。"

"好吧，我们来吃点午餐吧。把花插在水里。这幢房子看着挺不错嘛。你的气色也不错。我得说，只是略微有点儿瘦，你还是本色未改。我希望你胃口不错。"

"我吃。"

可是等他们在厨房坐下来吃午饭，把那束花插在瓶子里搁在两人中间，这时，阿克斯勒却不吃了。他仿佛看到自己走到舞台上要演詹姆斯·蒂龙，观众爆发出一阵大笑。焦虑和恐惧跟那笑声同样赤裸。人们嘲笑他，因为是他来演了。

"这些日子你都干什么来着?"杰瑞问道。

"散步。睡觉。发呆。试图读点书。试图每个小时中至少有一分钟的时间忘了自己。我还经常看新闻。我在跟踪几个最新的报道。"

"你见过谁吗?"

"你啊。"

"这可不是你这样成就卓著的人的活法。"

"你好心好意一路赶到这儿，杰瑞，可是我没法去加斯里演戏了。我已经跟这一切无关了。"

"没有，你不过是害怕失败。可那是次要的。你根本没有意识到你的观点已经变得多么片面和偏执。"

"我写评论了吗？那些评论是这个偏执狂写的吗？他们评论我表演的麦克白，我写文章说三道四了吗？我太可笑了，他们说得已经够多了。我一个劲儿地想：'我说完那段台词了，感谢上帝我已说完了那段台词。'我试图想，'没有昨晚糟糕'，事实上更加糟糕。我所做的一切都假模假式，而且声音嘶哑。我从自己的声音中听到这种可怕的调子，可是我却无可救药地继续糟糕下去。简直骇人听闻。骇人听闻。我一出戏都演不好了，真的不行了。"

"所以你没法把麦克白演到让自己称心如意的程度。其实，你也不是第一个遇到这种情况的人。对演员来说，要跟麦克白这个人周旋简直太可怕了。我蔑视任何演他却不会因为这番辛苦遭到扭曲的人。他是一个杀人犯，一个刽子手。在那出戏中，一切都被放大了。坦率地说，我至今都没有读懂那个恶魔。忘掉《麦克白》吧。忘掉那些说三道四吧。"杰瑞说，"该到继续前进的时候了。你应该到纽约来，在文森特·丹尼尔斯的工作室跟他合作。经过他恢复了信心的人可多了，你不是第一个。瞧，你演过最棘手的作品，莎士比亚的戏剧，那些古典作品——以你的履历没法避免这种事情发生。那不过是暂时丧失信心。"

"这不是信心问题，"阿克斯勒说，"我心里一直都在悄悄地怀疑自己究竟有没有才华。"

"这简直是胡说八道。这是丧气话。你大概听过很多走到你这个地步后的演员说这样的话。'我其实一点才华都没有，我不过是能记住台词罢了。就是这么回事儿。'这样的话我听过一千次了。"

"不是这样，你听我说。当我对自己真正敞开心扉的时候，我这样想：'好吧，行了，我的才华就是中人水平，或者说顶多能模仿有才华的人而已。'可是，杰瑞，我拥有某种才华纯属侥幸，现在那份才华又被拿走了，这也纯属侥幸啊。这种生活从头到尾都是一场侥幸。"

"噢，别这样说，西蒙。你依然能够像个大明星般在舞台上聚精会神。你仍然是一个巨人，看在上帝的分上。"

"不，关键是假模假式，彻头彻尾的假模假式已经渗透到这种地步：我只能站在舞台上告诉观众，我是一个骗子。我连撒谎都撒得那么拙劣。我是一个骗子。"

"哦，这更是胡言乱语了。你且想想那些不够格的演员吧——这样的演员不胜枚举，他们照样混着。所以，谁告诉我，西蒙·阿克斯勒，"杰瑞说，"凭着他的才华，混不下去简直荒谬至极。我还见证过你往日的风度，在你非常不快乐的时候，在你备受精神折磨的时候，但是，只要把一个剧本摆在你面前，让你进入自己发挥得无比精彩的这份事业，让你变成另一个人，你总能洒脱起来。好了，既然过去能够这样，那么就有可能再次这样。你最拿手的爱好——肯定能而且一定能恢复。你瞧，文森特·丹尼尔斯是处理你这种问题的高手，他是个坚韧、精明、直觉敏锐的教师，高度聪慧，本人还是个轻量级拳击手呢。"

"我知道他的大名，"阿克斯勒对杰瑞说，"可我从来没见过他，我没必要去见他。"

"他是个特立独行的人，是个拳击手，会让你重回赛场。他会让你重燃斗志。他会从头开始，如果他不得不动手的话。如果他觉得非这样不可的话。他会让你放弃以前所做的一切，那将是一场搏斗，但是，最后，他会让你恢复正常。我去过文森特的工作室，看到过他工作的状态。他经常说：'要把握好刹那间。我们只要处理好每个刹那间就可以了。表演好刹那间，在刹那间演好给你的不管什么戏，然后再继续表演后面的戏。你演到什么地步不要紧。别担心这个。抓住刹那间，刹那间，刹那间，刹那间。把刹那间的活儿做好，不要在乎后面的事儿，不要想象接下来会怎么样。因为如果能把刹那间的工作干好了，你就无所不能了。'我知道，这种观点听起来好像简单之极，正因为如此做到它才很难——简单到人人都可能忽视的地步。我觉得文森特·丹尼尔斯是处理你这个状态的最佳人选。我心悦诚服地相信，他最适合解决你目前的困境。这是他的名片。我跑这儿来就是想给你送这个的。"

杰瑞把名片递给阿克斯勒，他在接过名片的同时说："不可能。"

"那你要怎么着？你已经演得炉火纯青的那些角色该怎么办？每当想起你塑造的角色，我的心都要碎了。如果你接受了詹姆斯·蒂龙这个角色，就能够跟文森特合作，跟他一起找到克服困境的办法。这是他每天跟演员们打交道要做的工作。在托尼奖和奥斯卡颁奖仪式上我听过不知有多少演员说：'我要感谢文森特·丹尼尔斯。'他真的太出色了。"

阿克斯勒摇了摇头，权作回答。

"你瞧，"杰瑞说，"谁都熟悉'我不能表演了'那种感觉，谁都熟悉那种可能显得假模假式的感觉——这种情况对每个演员来说都可怕之极。'人们觉得我已经过时了，我觉得自己也已经过时了。'我们还是正视这个问题吧，随着衰老的到来的确会有某种恐慌感。我年纪比你还要大，我跟这个问题已经周旋好几年了。首先，你做事慢了。无论做什么都慢了。甚至连读书也变得迟钝起来。现在如果我读书时匆匆忙忙，很多东西都会记不住。我说话缓慢了，我的记忆力迟钝了。所有这些征兆都开始出现了。在这个过程中，你开始不相信自己。你没有过去那么敏捷了。你要是个演员，这种感觉会更明显。如果你还是个年轻演员，你能一本接一本地记住剧本内容，甚至都不假思索。这太容易了。接着，忽然间，记忆变得没有那么轻巧了，而且很多事儿做起来也没有那么敏捷了。对于年届六七十的人来说，记忆已经成为走上舞台的巨大焦虑。过去你能一天记住一个剧本——现在你一天能记住一页就算很幸运了。于是你开始感到害怕，感到虚弱，感到自己已经没有那种鲜活的生命力了。这会让你惊恐万状。结果，如你所说，自己不再自由了。其实什么也没有发生——那不过是恐惧而已。"

"杰瑞，这样的话我没法谈下去了。我们可以整天闲聊而不必非要有什么益处。你真好，来看我，还给我带来午餐和鲜花，想帮助我、鼓励我、安慰我，让我感觉更好。这样的考虑真是太周到了。看到你状态不错我也很高兴。可是生命的动力毕竟是生命的动力。我已经不能表演了。某种根本的东西消失了。也许这是必然的。很多东西要消失。不要觉得我的演艺生涯缩短了。想想我的演艺生涯已经持续得够长久了。你知道，我最初在大学演戏的时候，那完全是在瞎混。演戏有机会碰到各种女孩。后来，我第一次在舞台上找到了放松的感觉。忽然，我在舞台上变得生龙活虎，自如得像个真正的演员。我年纪轻轻就开始演艺生涯。我二十二岁的时候来纽约试演角色。我拿到了那个角色。我开始上各种班。定向记忆训练。练习逼真想象的能力。表演前给自己制造出一种逼真的环境然后沉浸其中。我记得开始上培训班时，大家想象一个虚拟的茶杯，假装拿它喝着茶。想象它有多滚烫，水有多满，再想象出一个托盘，一把汤匙，你打算往里面加方糖，再想象有多少块糖。然后你开始品尝，别人都能被这种东西改变过去，可我发现这种训练对自己毫无帮助。而且，我还做不来。我对各种练习都不擅长，而且毫不擅长。我试着做过类似的训练，可是根本不管用。但凡我做得不错的东西均出自本能，做那些练习而且对这些东西心知肚明，让我显得像个演员。当我端着虚拟的茶杯，假装从里面喝茶时会显得很荒唐。我心里总有一个狡猾的声音在说：'压根就没有什么茶杯。'那个狡猾的声音现在已经取胜了。无论我如何准备，无论我想做什么，只要一上台，那个狡猾的声音就会不停地说——'压根就没有什么茶杯'，杰瑞，现在一切都成过去了：我再也没法给大伙儿把一出戏演得真实了。我也不能把一个角色塑造得栩栩如生了。"

杰瑞走了后，阿克斯勒走进书房，找到《进入黑暗的漫长旅程》。他试着读了读，可是这一举动简直不堪忍受。他甚至没有读到四页——他把文森特·丹尼尔斯的名片当书签夹在那一页。在肯尼迪中心，他的表现简直就像从来不曾上台表演过，现在又好像从来不曾读过一个剧本——好像从来没有读这个剧本。那些句子毫无意义地舒展开来。他都弄不明白是谁在说这些台词。他坐在那堆书中，试着回忆有主人公自杀的戏剧。《赌徒海达》中的海达，《朱丽叶小姐》中的朱丽叶，《希波吕托斯》中的菲德拉，《俄狄浦斯王》中的伊俄卡斯特，《安提戈涅》中的几乎所有人物，《推销员之死》中的威利·洛曼，《我所有的儿子们》中的乔伊·凯勒，《卖冰的人来了》中的堂·帕里特，《我们的小镇》中的西蒙·斯蒂蒙森，《哈姆雷特》中的奥菲利娅，《奥赛罗》中的奥赛罗，《朱利叶斯·恺撒》中的布鲁图斯，《李尔王》中的贡纳莉，《安东尼和克利奥帕特拉》中的安东尼、克利奥帕特拉和查米恩，《醒来歌唱吧!》中的那个祖父，《伊万诺夫》中的伊万诺夫，《海鸥》中的康斯坦丁。这个惊人的目录清单还只是他某一个时期表演过的戏剧。还有更多，更多。值得关注的是自杀情节如此频频出现在戏剧中，好像是戏剧最基本的程式，不是必然由这种艺术形式本身的机制主导的行为所支撑。《伤心的迪尔德丽》中的迪尔德丽，《野鸭》中的海德薇，《罗斯蒙肖龙》中的丽贝卡·韦斯特，《伤心化作伊莱克特拉》中的克里斯廷和奥雷，以及罗密欧与朱丽叶，索福克勒斯笔下的亚加斯。从公元前十五世纪开始，自杀就成为剧作家严肃思考的戏剧主题，诱惑着能够产生感情的人类，而正是这种感情激发了这种非同寻常的行为。他应该给自己规定个任务，再读读这些戏剧。没错，任何可怕的事情都应该坦率地正视。任何人都不应该说他没有深入思考过这个问题。

杰瑞带来了一只淡黄色的信封，里面装着若干烦请奥本海默经纪公司转交给他的信件。有段时间，差不多有一打的粉丝写信给他，每隔两周就有类似的信件。现在，过去半年以来，寄到杰瑞那里的信只有寥寥数封。他坐在起居室里无所事事地拆着信封，每封信只读开头几句，然后揉成一团扔到地板上。全都是索要签名照片的信——只有一封例外，这封信让他吃了一惊，他从头到尾读了一遍。

"不知道你是否还记得我，"信这样开头，"我是哈默顿医院的一个病人。我曾跟你共进过几次晚餐，我们一起参加过艺术治疗班。也许你已经不记得我了。我刚刚看了电视上播放的一部晚场电影，让我惊喜的是其中居然有你。你扮演了一个硬派罪犯。在屏幕上看到你真让人吃惊，特别是你扮演了一个如此凶狠的角色。跟我见过的那个人简直判若两人啊！我还记得经常给你讲我的故事。还记得吃完饭后你经常听我讲。那时我抑制不住想说话。我痛苦之极。我想自己的生活算是彻底完蛋了。我希望它完蛋。你可能不知道，可在当时，你愿意倾听我的故事的态度就是在帮助我康复。那可不容易。现在同样不容易。将来也不容易。我嫁给的那个恶魔已经对我的家庭制造了难以抹掉的伤害。那种灾难要比我住院治疗期间知道的还要严重。在我完全不知情的情况下，可怕的事情已经发生了很长时间。小女儿卷入了很多惨剧。我曾经问过你，能不能替我杀了他。我告诉你我愿意出钱。我认为你身材那么魁梧，所以你能干成这事儿。你心地仁慈，听我这样讲时没有说我疯了，只是坐在那里听我的疯言狂语，好像我心智依然健全。我感谢你这样做。可是我内心中某个部分永远不再健全了。不可能了。不再可能了。不该可能了。我愚蠢地给错误的人判处了死刑。"

　　这封信后面还有话，手写的一整段松松垮垮地写了三大页纸，签名是"西比尔·冯·布伦"。阿克斯勒想起的确听过她讲的故事——集中起全副注意力，那样听着不是自己嘴里出来的话，感觉很像以前那种长时间的表演，甚至可能会有助于自己康复。没错，他还记得这个女人和她讲述的故事，而且的确请求他杀了自己的丈夫，好像他是电影里的黑帮而不是精神病院里的另外一个患者，魁梧如他，也做不到她想象的那样用一杆枪来结束自己的痛苦。电影中人们动辄草菅人命，但是，他们拍那些电影的理由是百分之九十九的观众肯定干不出那种事儿来。如果杀害别人，毁灭那个你有万千理由要除掉的人是如此棘手，就不难想象要成功地杀害自己有何等不易。

二、蜕　变

　　他跟培琴的父母很早就是好朋友，那时培琴还没有出生，而且第一次在医院看到她时她还是个小不点的婴儿，依偎在妈妈怀里吃奶。他们相遇时是阿克斯勒和新婚的斯特普福德夫妇——丈夫是密歇根人，妻子是堪萨斯人——一起现身格林威治村教堂地下室排练《西方世界的花花公子》。阿克斯勒扮演那个魅力非凡、桀骜不驯的主角克里斯蒂·马洪，那个潜在的杀亲者，女主角是培琴·迈克·弗莱厄蒂，那个思想固执、在梅奥郡西海岸父亲的小客栈当吧女的女孩，由卡罗尔·斯特普福德扮演，当时她的第一个孩子已经怀上六个月了。阿萨·斯特普福德扮演肖恩·基奥，培琴的未婚夫。这出戏上演期结束的时候，阿克斯勒出席了谢幕晚会，提议等斯特普福德夫妇的孩子出生了，如果生了儿子就取名叫克里斯蒂，生了女儿就叫培琴·迈克。

在培琴到了四十岁而阿克斯勒六十五岁的时候两个人成为恋人，不大可能——特别是由于培琴·迈克·斯特普福德从二十三岁开始就是一个同性恋者——每天早晨醒来在电话里卿卿絮语，热烈地渴望在他家里度过闲暇时光。令阿克斯勒欣慰的是，她在家里给自己腾了两个房间，二层三个卧室中的一间用来放东西，另外，楼下离起居室不远处还有一间书房，放着自己的笔记本电脑。楼下所有房间都带壁炉，甚至连厨房里都不例外，培琴在书房工作时，得一直生着火。这儿离她住的地方有一个小时多一点的车程，沿着崎岖的山路来，道路带着她穿过乡村，来到阿克斯勒足有五十英亩的开阔地和那幢带黑色百叶窗、巨大古老的白色农舍，周围有年代久远的枫树、高大的桦树环抱，环绕着长长的、错落有致的石墙。除了他们两个，附近没有别的人家。最初的几个月，他们很少在中午之前起床。两个人谁也没法撇下对方独自待着。

可是，在她到来之前，阿克斯勒深信自己算是完蛋了：在表演、女人、与人相处等方方面面全完蛋了，而且永远不会有幸福了。有长达一年多的时间，他患有严重的器质性疾病，由于脊椎疼痛，几乎寸步难行，站立、坐下时间稍长都很困难，自从成年以来，他就饱受这种疾患的折磨，可是随着衰老的到来，这种虚弱的进程加速了——因此，他觉得自己彻底完蛋了。他的一条腿间歇性地瘫痪，有时走路都没法抬起来，经常在台阶或者路边踩空跌倒在地，手上撕出裂口，甚至脸庞摔在地上，嘴唇或者鼻子鲜血淋漓。就在几个月之前，他在本地最好的朋友，一个几年前就退休的八十岁的法官，罹患癌症死去，结果，虽然阿克斯勒住的地方到城里只有两个小时，在绿树和田野的环抱中生活了三十年——当他走不出表演之外的世界时就住在那里了——他没有任何人可以去交谈或者吃顿饭，更不用说同枕共眠了。他又开始像一年前还没有住院治疗时那样频频考虑自杀了。每天早晨，他在空虚中醒来，坚信在自己的技艺被剪除、孤独、失业的情况下，在顽固的疼痛中，自己连多活一天都勉为其难。他的心神再次聚焦到自杀上，在失去一切之际只有这一个念头。

在一个寒冷阴霾的早晨，经历了一个星期严重的暴风雪之后，阿克斯勒走出家门来到车棚，然后打算驱车到四英里外的小镇上去买些日用品。有个农场帮工每天清扫房子周围的小道，专门给阿克斯勒清扫积雪，尽管如此，他走路时仍然小心翼翼，穿着厚底雪地靴，拄着一根拐杖，迈着小步，免得滑倒摔在地上。为了安全起见，在好几层衣服的围裹中，上腹用一副坚硬的护腰捂得严严实实。从家里动身向车棚走去时，他就注意到一个长尾巴的雪白的小动物，站在仓库和车棚之间的雪地上。乍看上去像只硕大的老鼠，接着，从形状和没有毛的尾巴的颜色以及嘴鼻判断，发现那是只负鼠，约有十英寸长。负鼠通常都在夜间活动，可是，这只看上去外表颜色褪失，肮脏不堪，在光天化日下出现在雪皑皑的地面上。当阿克斯勒慢慢靠拢过去时，负鼠虚弱无力地朝仓库方向蹒跚着爬去，然后消失在紧挨着仓库石基的雪堆中了。阿克斯勒尾随着负鼠——可能得了病或者生命垂危——来到雪堆前时看到那儿有个干净的洞口。他双手握着拐杖，在雪地中跪下朝里面张望。负鼠已经撤退到洞穴深处，视线遥不可及，可是在洞穴般的藏身之地的门前摆了一组干柴棍。他数了数，总共有六根。洞穴就这样建成了，阿克斯勒心想。我得到的东西过多了。你全部的需求只消六根棍儿就够了。

第二天早晨，阿克斯勒做咖啡的时候，隔着厨房窗户看见那只负鼠。这家伙用后腿支撑着站在仓库旁边，吃着一块堆积物上的雪，用前爪把雪块塞进嘴里。他匆匆穿上靴子和外套，抓起手杖，从前门走出去，绕过屋子旁边对着仓库的那条打扫得干干净净的小路。站在二十英尺开外的地方，他放开嗓门朝对面的负鼠喊道："你想在加斯里剧院演詹姆斯·蒂龙吗？"负鼠仍然专心吃着雪块。"你演詹姆斯·蒂龙真是太绝妙了！"

　　那天过后，大自然赐给他的那幅小小漫画从此销声匿迹。他再也没有看到过那只负鼠——不是消失了就是万劫不复了——那个用六根小棍支撑的雪洞依然完好无损，保存到下个解冻期的来临。

　　然后是培琴到访。她在距离普雷斯科特约有几英里的租来的小房子里给阿克斯勒打来电话。普雷斯科特是佛蒙特西部一所正在冉冉上升的小型女子学院，最近培琴在那里找到一份教书的工作。阿克斯勒住在西边约有一个小时车程的地方，在州界对面纽约的乡村地区。阿克斯勒已经有二十多年没有看到培琴了，那时她还是个活泼乐观的大学生，假期时跟随父母到处旅游。他们就在他生活的附近住着，有时中途停留几个小时来叙叙旧。每隔几年，他们就那样聚聚。阿萨在密歇根的兰辛开了一家地方性剧院，他就是在那地方出生和成长的，卡罗尔在保留剧目剧团担任演员，还在州立大学教表演。阿克斯勒曾在另一次拜访场合见过培琴，那时她还是个喜欢微笑、羞怯、脸蛋柔美的十岁小孩，经常爬上他家的大树，在他的游泳池里飞快地游上几圈，还是个身材瘦削、喜欢运动的假小子，总是无奈地嘲笑父亲讲的所有笑话。在此之前，他看到这孩子还在纽约圣·文森特医院的产房里吮奶呢。

如今，他看到的是一个身段柔软、乳房丰满的四十岁女人，但笑容中依然带着孩童时候的影子——自动翻起上唇露出显眼门牙的那种微笑，大摇大摆的步态中还残留着不少假小子的痕迹。她特意打扮得跟乡村风格挺般配的模样，穿着破旧的靴子和一件带拉链的红夹克。深褐色的头发剪得短短的，快贴到头皮了，短得后面好像用理发师的推子推过，他错记成培琴的头发像妈妈一样是金发。她有着坚定不移的乐观开朗气质。尽管她的底色是皮实的女顽童，她说话的声音适中迷人，好像继承了演员妈妈的音色。

正如阿克斯勒最终搞明白的那样，过了很长时间，她才得到了自己想要的而不是它的古怪倒错。在蒙大拿州的博兹曼长达六年的恋爱折磨中，她在痛苦孤独的家务中打发了最后两年时间。"最初四年，"他们成为情人后的一天晚上，培琴告诉阿克斯勒，"我和普里西拉的温馨关系美妙极了。那时我们经常不停地出去露营、徒步漫游，甚至雪天也不例外。夏季我们就去阿拉斯加这种地方，在那里步行、野营。太带劲了。我们去过新西兰、马来西亚。在我热爱的这个世界，两个人一起漫游历险，我们身上还散发着某种童真的气息。我们像两个离家出走的流浪者。后来，大概在第五年开始的时候，普里西拉渐渐沉溺于计算机了，扔下我一个人只好跟猫说说话。直到那时，不管做什么我们都是并肩战斗。我们赖在床上读书——读给我们自己听，给对方大声朗读某些段落，很长时间那种愉悦的亲近感始终未改。普里西拉从来不会对别人说，'我喜欢那本书'，而是说，'我们喜欢那本书'，谈论某个地方时会说，'我们喜欢去那儿'，谈到某个计划时会说，'我们今年夏天会去实施'。我们。我们。我们。后来'我们'就不是我们了——我们已经结束了。我们用来专指她和她的苹果电脑。我们是指她和她那见不得人的秘密，抹去其他一切的秘密——她想毁灭我喜欢的肉体。"

　　她们两个都在博兹曼的那所大学教书，在她们名义上还是一对儿的最后两年，普里西拉工作完一回家就坐到计算机前，直到要上床睡觉了才挪动下身体。她能在电脑前打发掉周末的两天时间。她吃喝都在计算机前。她们不再交流，房事也没有了。即便在山上远足露营，培琴也只好自个儿活动或者跟别人，而不是和普里西拉玩儿，她聚拢了一伙朋友来作陪。后来，她们在蒙大拿相识、相聚、结成一对儿六年后的一天，普里西拉宣称开始注射荷尔蒙，要刺激面部毛发的生长，让嗓门儿变粗。她打算施行外科手术摘掉乳房，变成一个男人。在单独相处的时候，普里西拉承认，对此她已经梦寐以求了很长时间，无论培琴如何恳求，她都绝不回心转意。第二天一大早，培琴就搬出了她们同住的那间屋子，带上两只猫中属于自己的那只——"对那两只猫来说不太好，"培琴说，"但这都无关紧要。"她住进当地一家汽车旅馆。她强作镇定继续去上课。考虑到跟普里西拉一块儿生活时已经变得那么孤独，那种背叛的伤痛，那种背叛的性质，要恶劣得多。她哭个不停，开始给距离蒙大拿数百英里之外的几所大学写信想找份新的工作。她参加了一个会议，会上有几所大学面试环境科学方面的求职者，跟系主任睡了后，她在东部找了份工作，这个主任对她迷恋不已，然后就聘请了她。培琴驱车拜访阿克斯勒时，这位主任还充当了她忠诚的保护者兼情人的角色。培琴想明白了，在做了十七年的同性恋者之后，她想找个男人——就要此人，这个年长自己二十五岁的演员、同时又是父母几十年世交的男人。如果普里西拉可以变成异性恋中的男角，她也可以成为异性恋中的女角。

第一天下午，阿克斯勒领着培琴走进自己家的时候绊了一跤，狠狠地摔倒在宽阔的石头台阶上，秋天时摔伤过的手掌侧面的肉又裂开了口子。"你的拐杖放在哪儿?"培琴问道。他说了后培琴跑回屋取出来，然后又用棉球和过氧化氢洗了洗伤口，用两块绷带包上。她还给阿克斯勒递了杯水喝。已经很长时间没人给他递过水了。

阿克斯勒邀请她留下吃晚饭。结果是她做的饭。同样已经很长时间没有人给他做过饭了。乘阿克斯勒坐在餐桌边看她做饭的工夫，培琴喝了一瓶啤酒。冰箱里还有一块帕尔马干酪，几只鸡蛋，几块熏肉，半罐奶油，她用这些材料和一磅面团做了份干酪沙司烤面条。看着她在厨房干活儿的时候，阿克斯勒回想着她还是婴儿的时候在妈妈怀中的样子，那举止好像这里就是她的家。她是一个充满生命活力的人，结实、健美、精力旺盛，很快他就不再觉得如果自己毫无才华在这个世界上就会感到孤独。他非常开心——那是一种喜出望外的感觉。往往吃晚饭的当儿是他一天中情绪最低落的时候。她做饭的工夫，阿克斯勒走进客厅，放上布伦戴尔演奏的舒伯特的乐曲。他已经不记得自己最后一次有闲情听音乐是什么时候了，应该是他婚后最灿烂的那些日子，那时整天放着音乐。

"你妻子怎么了？"他们吃完意大利面条，一块儿品尝葡萄酒的时候，培琴问道。

"没什么。说这个太没劲了。"

"你一个人在这里待多久了？"

"比我想象的孤独的时间长多了。有时感觉很惊讶，月复一月，四季转换，坐在这里沉思默想，没有你来，可能会一直这样生活下去。到死的时候大概也依然如此。"

"表演呢？"她问道。

"再没演过戏。"

"不可能，"她说，"怎么了？"

"同样不值一提。"

"你是退休了还是出什么事儿了？"

阿克斯勒站起来，从桌边绕过去，培琴也站起来，阿克斯勒开始吻她。

培琴惊讶地微笑着。她大笑着说："我是性反常者，跟女人睡觉。"

"这个不难理解。"

他又吻了一次。

"你这是干吗呢？"

阿克斯勒耸耸肩。"我说不上。你从来没有跟男人相处过吗？"他问。

"大学的时候处过。"

"现在还跟女人过吗？"

"差不多吧。"她回答说，"你有女人吗？"

"没有。"

他感觉到培琴肌肉结实的胳臂很有劲头，开始抚摸她沉甸甸的乳房，用手紧紧扣住她的屁股，使劲拽到自己跟前，这样他们就可以继续接吻。后来，他把培琴扶到起居室的沙发边。他深情地凝望时，培琴脸色羞红，紧张慌乱，自己动手脱掉牛仔裤，这是大学毕业后第一次跟男人在一起。这也是阿克斯勒平生第一次跟一个同性恋者相处。

几个月后，他对培琴说："那天下午你怎么想到开车过来？""我想过来看看有没有人跟你住一起。""你看了后怎么想的呢？""我想，我干吗不跟你过呢？""你这样算计了很长时间吗？""那不是算计。那是顺从自己的感觉，"她又补充了一句，"不是顺从你不再想要的事情。"

培琴对那个聘请了自己并带她到普雷斯科特大学的系主任说她们的关系结束了，系主任气急败坏。她比培琴大八岁，赚的钱比培琴的两倍还要多，她是这所大学十年来很有分量的一个系主任，拒不相信或者不允许这样的事情发生。她给培琴打电话，刚张口就是责备，晚上还要打无数通电话，冲她吼叫、侮辱、要求给个说法。有一次，她从当地的公墓打来电话，声称因为培琴对她是那种态度，她此刻"在怒气冲冲地跺脚乱踩"。她咒骂培琴为了得到那份工作敲诈了自己，得到工作后才几个星期就乘机蹬了她。每周下午晚些时候，培琴要跟游泳队的人游两次泳，系主任也在那个点儿上来游，刻意安排自己的存物柜挨着培琴的。系主任打电话邀请她看电影，听讲座，听音乐会，吃晚饭。每隔一天，系主任都要给培琴打电话让她周末来看她。培琴已经说得很明白了，她周末很忙，没法来看。系主任便又是恳求，又是大喊大叫——有时还哭泣。说没有培琴她就活不下去了。这是一个强势、成功、很有实力的四十五岁的女人，生气勃勃，四处蛊惑想竞选普雷斯科特的下任校长，她脱离正道也太容易了！

一个星期天的下午，她打电话到阿克斯勒家要跟培琴·斯特普福德说话。阿克斯勒放下电话走进起居室告诉培琴电话是打给她的。"是谁？"他问培琴。她毫不犹豫地回答说："还有谁，露易丝。她怎么知道我在这儿啊？她是怎么知道你电话号码的啊？"他又回来拿起电话说："培琴·斯特普福德没在这儿。""谢谢。"打电话的人说完就挂了。又过了一个星期，培琴在校园碰到露易丝。她对培琴说要出去十天，回来后培琴

"最好替她干点什么"，比如"做饭什么的"。后来，培琴感到非常害怕，首先，因为自己再次明确澄清那种关系已经结束，可露易丝仍然不肯放过。其次，露易丝的愤怒所造成的威胁已经形成。"有什么威胁？"阿克斯勒问道。"什么？我的工作啊。如果她脑子惦记上了，对我的伤害可能就没完没了。""嗯，你至少还有我，对吧？"他说。"什么意思？""你有我可以依靠啊。有我在这儿呢。"

有他在这儿。有她在这儿。每个人的可能性都发生了戏剧性的改变。

阿克斯勒给她买的第一件衣服是件齐腰的棕褐色紧身皮夹克，带着绵羊毛衬里，这是他在那个高档社区一家商店橱窗里看到的，他住的地方到那个社区穿过树林有十英里的路程。阿克斯勒走进去买下那件猜对了适合她型号的夹克。这件夹克花了一千美元。她从来不曾有过这么贵重的东西，而且以前穿的任何一件衣服都没有这么漂亮。阿克斯勒说这是送给她的生日礼物，无论生日在哪天。此后好几天，她老穿这件衣服。后来他们开车去纽约，公开品尝美味佳肴，看电影，一起外出过周末。阿克斯勒又给她买了好多衣服——度完周末时，已经买了价值五千美元的裙子、上衣、皮带、夹克、鞋子、汗衫，穿上这些行头，她的气质跟穿着从东部蒙大拿买的衣服相比已经截然不同。第一次出现在阿克斯勒家的时候，她穿的衣服基本都是十六岁少年穿的——如今她已经不再像个十六岁的少年那样走路了。在纽约的商店里，在更衣室穿上新衣后，她总是出来走到阿克斯勒等候的地方，让他看看效果如何，想听听他的看法。在最初的几个小时里，她的自信好像逐渐麻木，接着又开始恢复起来，最后，从更衣间出来时已经完全是妖冶弄姿，面带愉悦的微笑。

阿克斯勒还给她买来项链、手镯、耳环；买来奢华的贴身内衣，换掉了她运动衣般的乳罩和灰色的短裤；买来小小的丝绸娃娃装睡衣换掉她的法兰绒睡衣；买来两双高腰靴子，一双褐色的，一双黑色的。她唯一的一件外套还是从普里西拉已故母亲那儿继承过来的，穿着太大，形状像个盒子，所以，随后的几个月他又买了几件很衬培琴的新外套——总共有五件。他完全有可能给她买上一百件。他有点控制不住了。他平时那样过日子，几乎从不给自己花任何钱。没有什么比把她打扮得样子跟从前截然不同，更令阿克斯勒开心的了。再说，好像没有什么能让她更开心的。那是一种对两人都有益的纵容和奢靡的狂欢。

但是，她仍然不想让父母知道这份关系。那会让他们痛苦不堪。阿克斯勒想，会比告诉他们你是同性恋更痛苦吗？她说过自己二十三岁时那天的情景。妈妈哭着说："我想象不出还有什么比这个更糟糕的了。"父亲佯装接受，但是好几个月再也没有笑过。自从培琴告诉他们自己是个什么样的人后，很长时间，家庭经受了太多的创痛。"为什么知道是我后会让他们如此痛苦?"他问培琴。"因为你们是老相识了。因为你跟他们年龄一样大。""但愿如你所想。"他说。但他总是不停地琢磨培琴的动机。也许她是出于习惯，要把自己的生活分门别类，把性生活与自己作为女儿的生活严格区分开来。也许她不想让性被孝心污染或驯化。也许，她觉得不再跟一个女人睡觉，转而跟一个男人同枕共眠，这毕竟有些尴尬，而且对这样的转变是否永久仍然犹豫不决。无论她的动机是什么，阿克斯勒觉得把他们的关系瞒着家里是个错误。阿克斯勒已经年迈，无法做到必须保守某个秘密，却又能在感觉上安之若素。他不明白一个四十岁的女人干吗还要在乎父母的想法，特别是这个女人已经做过各种违逆父母之意而且不在乎他们反对的事情。他不喜欢培琴让自己显得比实际年龄还年轻，但也不强求，至少现在不会，这样家里人还以为她过着规规矩矩的生活，但是，在过去的几个月里，在阿克斯勒看来，培琴缓慢而又自然地蜕化掉了她现在称之为"我长达十七年错误"的最后的有目共睹的标志。

可是，一天吃早饭的时候，让两个人都大吃一惊的是，阿克斯勒说："这是你真心想要的吗，培琴？虽然我们迄今为止依然互相欣赏，新鲜感依然很强烈，感情依然很激烈，我不知道你是否明白自己这是在干吗。"

"我当然明白。我热爱这样的生活，"她说，"我不想终止这样的生活。"

"可你明白我的意思吗？"

"明白。年龄问题。性史问题。你跟我父母的老关系。也许还有其他二十桩杂七杂八的事儿。然而，没有一件事儿会烦恼到我。哪件事儿烦恼到你了吗？"

"这样想好吗，"他回答说，"为了我们在心碎之前撤回来，这样考虑怎么样?"

"你不开心吗?"培琴问。

"过去几年我的生活过得艰难之极。我感觉不到那股激起我的希望的力量。我品尝着婚姻的痛苦,在此之前又品尝着跟女人分手的痛苦。总是那么痛苦,总是那么严峻。在人生的这个阶段,我不想再招惹这样的痛苦。"

"西蒙,我们两个都被人抛弃了,"培琴说,"你处于崩溃的低谷,妻子收留了你,又离开了你,让你好自为之。我被普里西拉背叛了。她不仅抛弃了我,而且抛弃了我曾经那么热爱的身体,要变成一个长胡子、名叫杰克的男人。如果我们因为自己的缘故未能阻止它的发生,那不是因为他们,不是因为你或者我的过去。我不想怂恿你来冒险,我知道这是一种冒险。顺便说说,对我们两个来说都是冒险。我也感觉到了这是一种冒险。当然,这种冒险跟你的冒险不同。可对你来说最坏的结果就是你和我分开。现在我真的无法承受失去你。如果不得已,我可能会失去你,可是说到冒险——这险已经冒了。我们已经在冒险了。想收回去规避风险为时已晚。"

"你是说在这件事还进行得顺顺当当的时候不想抽身

而退？"

"当然了。我想要你，你是明白的。我慢慢相信了，我得到了你。别离我而去。我喜欢这样的生活，我不想就此打住。我没有别的话可说。我只能说，如果你愿意，我想试试。这绝不是心血来潮。"

"那我们就冒冒这个险吧。"阿克斯勒迎合培琴的话说。

"那我们就冒冒这个险吧。"她回答说。

这几个词意味着如果她被抛弃了可能会难受至死。她什么话都有可能说出口，只要有说出来的需要，阿克斯勒想，且不论这样的对话已经沦落到肥皂剧台词的边缘，如果继续说下去的话，因为，经历了这几个月之后，从普里西拉的打击到露易丝的最后通牒，她的心还在隐隐作痛。她说的这句台词并不是欺骗——这是我们本能的保护策略。可是，阿克斯勒想，那一天总会到来，各种条件让她处于更强势的地位，从而结束这份关系，而我越来越处于弱势，仅仅因为我优柔寡断，做不到一刀两断。到时她强我弱，遭受的打击可能会无法承受。

阿克斯勒坚信自己看清了他们未来的本质，可他对改变这一前景仍然束手无策。他感觉太幸福了，不想改变。

　　这几个月来，培琴任由头发长到几乎齐肩长，浓密的褐发上闪烁着自然的光泽，她开始考虑剪成一种不同于自己成人以来就很钟情的男式短发。周末的一天，她收到几份杂志，里面满是各种不同发型的照片，那种杂志阿克斯勒以前从来不看。"你是从哪儿弄到这些杂志的?"阿克斯勒问道。"我的一个学生那儿。"她说。他们并排坐在沙发上，培琴翻着杂志，在可能适合自己的发型照片处折个角。最后，他们把最喜欢的发型集中到两个上，她把这两页撕下来，阿克斯勒给住在曼哈顿的一个女演员朋友打电话问，培琴应该上哪儿去剪头发，也是这个朋友告诉他应该带培琴去哪儿买衣服，去哪儿买首饰。"我多希望有个蜜糖爸爸①啊。"这位朋友说。可他不明白这是什么意思。他只想帮助培琴成为自己中意的女人，而不是另外一个女人中意的女人。他们两个正在一心一意地催生着这个局面的到来。

---

① Sugar daddy，美国俚语，意思是给年轻姑娘或者情人提供奢靡的物质享受的老男人。

阿克斯勒陪她来到东六十街区一家昂贵的美发店。一个日本女人看了看他们带来的两张照片后开始给培琴剪起头发来。培琴洗完头发坐在镜子前的椅子里，他从来没有见过，培琴好像彻底解除了武装。他从来没见过培琴如此柔弱或者举止如此茫然无措。她看上去沉默不语，温柔得像绵羊，坐在那里好像置身屈辱的边缘，甚至都无法看自己的影子，好像给剪发赋予了某种脱胎换骨的意义，这燃起阿克斯勒全部的自我怀疑，像他屡屡表现的那样，迫使他琢磨，自己是否被某种惊人而绝望的幻觉所蒙蔽。这个女人身上的什么气质让一个如此失败的男人着迷？难道不是他促使这个女人把自己假装成另外一个人、失去了她的本来面目吗？难道不是他把这个女人打扮得花枝招展，好像一条昂贵的裙子就能处理掉将近二十年的生活经验吗？难道不是他在向自己撒谎的同时歪曲了她吗——这个谎言声称最终什么都有可能但绝不会存在伤害？最后证明他不过是一个男性对一个女同性恋生活的短暂侵扰，还能是什么？

可是等培琴浓密的褐发被剪短后——剪到了脖子窝儿，剪得毛毛糙糙，每层都参差不齐，那样子给了她恰到好处精心打理又漫不经心的轻微的凌乱感——她好像已经完全脱胎换骨，乃至所有这些悬而未决的问题都不再困扰他了。他们甚至都不需要严肃思考了。确信两个人的选择是正确的，培琴在这个思考过程中所花的时间比阿克斯勒稍微长些，但是就在数天时间里，这次美发及其对她的全部意义，让阿克斯勒逐渐塑造出培琴的形象，确定出她应该是什么样子，对她的真实生活是什么样子理出一个头绪，好像变得可以欣然接受了。也许她在阿克斯勒眼中显得太棒了，抑制不住继续乖乖地接受阿克斯勒的帮助，尽管那可能对她此前一生的感觉而言是陌生的。如果她的感觉真的是顺从的意志——如果真的不是她完全控制了他，迷住了他，掌握了他。

　　一个星期五的午后，培琴愁容满面地出现在阿克斯勒家——远在兰辛的父母家午夜时分接到露易丝的电话，告诉培琴的父母说她如何被他们的女儿乘机敲诈和欺骗了。

　　"还说什么了?"阿克斯勒问道。

　　这个问题让培琴的眼泪都快夺眶而出。"她说了你的事儿。说我跟你住一块了。"

　　"他们是怎么说的?"

　　"我妈妈接的电话，爸爸已经睡了。"

"她什么态度?"

"她问我是不是真的。我说没有跟你住一块儿,只说我们是好朋友。"

"你父亲是怎么说的?"

"他从不接电话。"

"为什么不接呢?"

"我不知道。那个可恶的婊子!她干吗无休无止呢!"她哭叫着说,"那个顽固、疯狂、嫉妒、恶毒的婊子!"

"她告诉了你父母,你觉得事情真有那么严重吗?"

"你觉得没事儿吗?"培琴问道。

"只是因为这让你心烦意乱。否则什么事儿都没有。我觉得这不失为一件好事儿呢。"

"我要告诉父亲的时候怎么说好呢?"她问。

"培琴·迈克——随你怎么说都可以。"

"有可能他压根不和我谈这事儿。"

"我怀疑有可能。"

"假设下他会跟你谈这事儿。"

"那样的话,我就得跟他谈谈了。"阿克斯勒说。

"他会有多愤怒呢?"

"你爸爸是个理智和理性的人。他为什么会愤怒呢?"

"噢,那个婊子——她彻底喝醉了。完全失控。"

"没错,"他说,"对你的思念把她折磨得死去活来。可是你不会失控。我不会,你父母也不可能失控。"

"那父亲为什么不跟我谈谈呢?"

"如果你很担忧,不妨给他打个电话问问。也许你希望我跟他谈谈。"

"不,我会谈的——我会亲自来谈。"

等到两个人吃完晚饭后她才给兰辛那边打电话,接着回到自己的书房去打,关上门躲在屋里。十五分钟后,她拿着电话走出来,举着电话朝阿克斯勒指了指。

阿克斯勒抓住电话。"阿萨吗?你好。"

"嗨,是我。听说你勾引我女儿了。"

"我在跟她谈恋爱,没错。"

"嗯,我不能说毫不吃惊。"

"哦,"阿克斯勒大笑着回答道,"我也不能说没有。"

"她告诉我说要去看你,我真没想到事情居然会如此。"阿萨说。

"嗯，我很高兴你能看得很开。"阿克斯勒说。

阿萨停顿了片刻才回答。"培琴是个任性的孩子。她早早就结束了童年生活。瞧，卡罗尔想跟你打个招呼。"阿萨说，然后把电话交给妻子。

"好啊，好啊，"卡罗尔说，"我们在纽约还是小孩子的时候谁能想象到今天会发生这事儿。"

"谁也不会想到，"阿克斯勒说，"直到她来这儿的那一天，我也还没想到。"

"我女儿做事还得体吗?"卡罗尔问。

"我想是吧。"

"你有什么计划?"卡罗尔问。

"没有。"

"培琴总让我们感到意外。"

"她也让我感到意外。"阿克斯勒说，"我觉得她自己也难免感到意外。"

"嗯，她让朋友露易丝也感到意外。"

阿克斯勒都懒得说露易丝是个连自己都感到意外的家伙。卡罗尔的意思很清楚，就是尽量表现得柔和友好，可是从她的脆弱口吻中，阿克斯勒坚信这个电话无疑是场痛苦的折磨，她和阿萨不过是想把事情做得彬彬有礼，这是他们向来的风格，处事理智，以便给培琴带来最大的幸福。他们不想在女儿四十岁之际再次疏远她，可别像她二十三岁时告诉他们自己是同性恋那回的表现。

其实，随后，周六卡罗尔就从密歇根飞到纽约跟培琴见面吃午饭。那天早晨，培琴开车到城里，回来时已经晚上八点左右了。阿克斯勒做好了晚饭，吃完饭后，他才问起事情处理得怎么样了。

"噢，她怎么说的？"阿克斯勒问。

"要我讲大实话吗？"培琴问道。

"说吧。"

"好，"她说，"我试着尽可能原原本本复述出来。有点像温和的逼供。她毫不粗俗或者自以为是。完全是妈妈那种毫不保留的堪萨斯式的坦率。"

"继续说。"

"你想什么都知道吧。"培琴说。

"没错。"

"哦，首先，在饭店，她呆坐在我坐的桌子的右侧——居然没有认出我来。我说：'妈妈。'她回过头说：'噢，我的天呐，这是我女儿啊。还真漂亮。'我说：'漂亮？你是说我以前不漂亮？'她说：'做了新发型，穿着我从没见过的衣服。'我说：'你是说更有女人味儿了吧。''那是，'她说，'没错。非常出色，亲爱的。这样有多久了？'我告诉了，她说：'这发型剪得挺好看。可能也不便宜吧。'我告诉她：'我只是想尝试点新的东西。'她说：'我猜你也是变着花样尝试新的东西。我过来是想确认你觉得自己已经走出各种恋爱的羁绊。'我告诉她，我不知道有什么人跟别人浪漫相处非得要深思熟虑之后。我告诉她，这件事让我现在感到非常幸福。她就说：'我们听到的消息说他住过精神病院。有人说住了六个月，有人说住了一年——我不知道实情。'我告诉她你住了二十六天，那是整整一年前的事儿了，而且是跟舞台表演障碍有关。我说你暂时失去了表演能力，离开了表演活动，所以崩溃了。我说不管你过去出现过什么情感或者精神上的问题，现在这些问题没有在我们相处的日子里爆发过。我说你跟我相处过的任何人一样健康或者说更加健康，还说我们在一起的时候，你的情绪好像很稳定而且非常快乐。她问：'他在表演上还是放不开手脚吗？'我说也许是也许不是——你还是那样，但我觉得因为遇到了我，跟我相处了，这个悲剧的性质已经今非昔比了。如今更像一个受了伤被迫出局的运动员，在等待着痊愈。她说：'你不会觉得自己有责任要挽救他吧？'我向她保证说没有，她问你怎么打发自己的时间，我说：'他总是看着我。我想他打算继续看下去。他还读书。给我买衣服。'嗯，她听了这话跳起来——'这么说来这些衣服都是他给你买的了。哦，我觉得你们之间有种拯救的快感吧。'我说她把这个看得太严重了，还说不过是两个人都觉得很好玩而已。我们干吗不把这事限于这个层次呢？我说：'他不想以任何方式影响我，我也不想受到影响。'她问：'买衣服的时候你跟他一起去的吗？'我说：'一般都去吧。但是，再说，我觉得这样会让他感到开心。而且这点从他身上不难看出这种变化。因为这正好是我想要做的一个实验。'我告诉她：'我不明白为什么有人应该如此关心。'这时谈话的调门变了。她说：'好吧，我得告诉你，我关心。男人世界对你来说还很新鲜，而且连我都觉得陌生——或许没有那么陌生吧——你要选择的这个开启新生活的男人比你大二十五岁，而且经历过一场精神崩溃乃至送进了专门的医疗机构。而且现在基本上处于失业状态。所有这一切都让我不堪忍受。'我告诉她这好像没我以前的处境坏，我曾经那么热爱的一个人在某天早晨告诉我，'我不能再拥有这副身体了'，决定要做个男人。后来我发表了一通演讲，这番说辞早就准备好了，而且滔滔不绝地大声往下背诵，我说：'至于他的年龄，妈妈，我看不出那是个问题。如果我想对男人有魅力，而且想知道自己对男人是否有魅力，这恐怕是个最好的验证手段。此人就是最佳的测验。二十五年的差距对我来说就像二十五年的经验而不是什么人的经历，如果我要跟一个自己的同龄人试验的话。我们并没有谈婚论嫁，我告诉你——我们不过是在彼此享受而已。我喜欢他，某种程度上是因为他比我大二十五岁。'她说：'他喜欢你，是因为你年轻二十五岁。'我说：'别恼火，妈妈，你是不是很嫉妒啊？'她大笑着说：'宝贝儿，我已经六十三岁了，跟你爸爸结婚四十多年，很幸福。这是真心话，'她说，'你听了这个后恐怕很开心，可是我在辛格①的那部戏剧中表演培琴·

①　即 John Millington Synge（1871—1909），爱尔兰剧作家，其作品以爱尔兰农村生活为题材，包括《西方世界的花花公子》等。

迈克，西蒙表演克里斯蒂的时候，我对他喜欢得简直要崩溃了。谁不会啊？他透着野性的魅力，精力充沛，生命力旺盛，幽默风趣，他是一个强势的大牌演员，才华横溢，而且他的才华显然已经远在其他任何人之上。所以，没错，我崩溃了，可是我已经结了婚怀上你了。那种崩溃最终还是过去了。我想我这些年见过他不到十次。作为一个演员，我非常敬重他。可我还是对那次住院的事儿放不下心。一个人想自杀到住进精神病院，这不是桩小事儿，不管在那里待了多短多长。听着，'她说，'对我来说，最重要的是你别盲目陷进去。你别干这种二十岁的孩子因为缺乏经验才会干的事儿。我希望你不要因为天真而莽撞。'我说：'我已经不是天真烂漫的小孩了，妈妈。'我问她担心什么，那种事儿不可能发生在任何人身上。她说：'我担心什么？我担心他一天比一天老。这是必然规律。你现在六十五岁，就必然会六十六岁，然后六十七岁，这样不停地老下去。不出几年他就七十岁了。你得跟一个七十岁的人生活在一起。而且年龄的增长不会就此打住。'她告诉我，'然后他将七十五岁，到了这个年龄同样不会打住。绝对不会打住。会继续长下去。他会开始出现这样的老人必然出现的健康问题，情况可能会更糟，而你要负起责任来关照他。你爱他吗？'她问。我说我想爱吧。她又问：'他爱你吗？'我说我想你爱我。我说：'我想这没问题。妈妈。我忽然想到，他比我更着急。这个形势相对他而言比对我更加危险。'她问：'为什么会这样？'我说：'噢，正像你说的，我这是第一次尝试。虽然对他来说同样很新鲜，但那种新鲜的程度不及我的感受。我愉悦的程度连自己都感到吃惊。但我还不能肯定说，这种转换是我将来不变的需求。'她说：'嗯，好了，我不想一个劲儿地释放这种紧张气氛，可能没这么严重，也许永远不会这么严重。我只是觉得，最重要的是能经常看到你，我得再说一次，你的样子给我留下很深的印象。'我问她：'这让你觉得更喜欢一个直发的女儿吗？'她说：'这让我觉得你不再想当女同性恋了。当然，你可以做任何你喜欢的事情。在你奔放不羁的青年时代，你就给我们上了一课。可我没注意到这种身体上的变化。你下了很大的功夫，不管谁都应该会注意到这点的。你连眼睛都化了妆。这个变化太动人了。'这时我乘机说：'你觉得爸爸会怎么想？'她说：'他没法来这儿，因为过几天有部新戏要开演，他脱不开身。但他还是想来看看你，只要这部戏上了路，他就来看你，如果你觉得方便的话。到时你可以直接问他怎么想。我们就聊到这儿吧。去买点东西如何？'她对我说，'我很喜欢你这双鞋。你在哪儿买的？'我告诉了，她说：'我要买双一样的，你不反对吧？愿意跟我一起去买吗？'于是我们就打车到了麦迪逊大街，买了一双粉红和浅褐双色的漆皮小高跟，适合她的尺码。现在她正穿着我的普拉达鞋在密歇根散步呢。她还很喜欢我的裙子，所以我们又去 SoHo 买了条跟我的风格一样、裁得适合她穿的裙子。结局还算美妙吧？可是，到了下午，我们拎着装着买来的东西的包，你知道她说什么了吗？真正的结尾是这句话而不是那双鞋。她说：'培琴，你吃午饭时想要达到的目的，就是想要让它听着像是这个世界上最健康而且又最明智的安排，可事实并非如此。然而，局外人只会挫伤你，如果他们的理由是你每天醒来的需求，以及让你漂浮其上的芸芸众生单调的千篇一律。我得告诉你，第一次得知这个消息时我觉得这事儿做得疯疯癫癫，有欠考虑。即便我都跟你讲了，又跟你度过这一天，说实话，自打你上大学后这是第一次跟你一块儿买东西，即便我看到你绝对冷静、理智，而且经过深思熟虑，我还是觉得这事儿做得疯疯癫癫，有欠考虑。'"

　　培琴说到这儿后就打住了。她花了将近半个小时的工夫来复述这番对话，其间，阿克斯勒一声不吭，在椅子里动都没动，也没有在他觉得已经听够了的某个时刻打断培琴。可是，他的兴趣不在于让培琴打住——而是想把什么都弄得清清楚楚，事无巨细都想听听，甚至，如果有必要的话，想听她说："我还没法宣称这正是我一直渴望的转化。"

　　"就讲了这些，全都在这儿了，"培琴说，"差不多就是原话了。"

　　"这比你预期的好呢还是更糟?"阿克斯勒问道。

　　"好多了。我开车过去时心里非常焦急。"

　　"哦，听上去好像无须着急。你自己处理得不错。"

　　"然后我又焦急地赶回来了，想把这些告诉你，而且，实话实说，我知道你不会喜欢听。"

　　"哦，这也没必要。"

　　"真的? 我希望告诉你这些后，你别跟我妈妈过不去。"

　　"你妈妈说的是做妈妈的都会说的话。我能理解。"他大笑着说，"我不能不赞成你妈妈的说法。"

培琴像平常讲话时一样语调柔和、喜欢脸红，她说："希望这番话不要让你转而排斥我。"

　　"这反倒让我很钦佩你，"阿克斯勒说，"你没有任何畏缩，无论跟她说话还是跟我说话。"

　　"真的？你没受到伤害？"

　　"没有。"但是，他当然受到伤害了，而且很生气。他坐在那儿安静地听着——而且专心致志地听着，就像自己这辈子无论在台上还是台下一直聆听的那样。卡罗尔把衰老的过程以及女儿所处的危险境地解析得清清楚楚，这点尤其刺疼了他。但是，现在无论他说得多么温柔，也不可能不被"疯疯癫癫和有欠考虑"这种说法惹恼。其实，整个这件事让他觉得很不舒服。也许，如果培琴是二十二岁，他们之间相差四十岁，那可能什么都好办，可是为什么这份特殊的关系却有一方是充满风险的四十岁呢？一个四十岁的女人干吗还要在乎父母想法呢？他觉得，培琴跟自己一起生活还是有值得欣慰的东西，如果单纯从某种恶毒的观点来看的话。这个名人还有不少钱，将会关照她。毕竟，她自己也不再年轻了。她跟一个人生还算小有成就的人安顿下来——这有什么不可以的？然而弦外之音却是：

别自投罗网去伺候一个疯老头。

可是，因为培琴好像排斥卡罗尔对他的描述，阿克斯勒想，最好还是对这件事以及其他一切自己不喜欢的东西都保持沉默。为了鸡毛蒜皮的事儿攻击她母亲有什么好处呢？还是表面上一笑置之的好。如果培琴借着母亲的眼睛来看他，那他就无话可说了，也拦不了。

"在我看来你棒极了，"培琴说，"你简直就是医生开出的医嘱。"

"在我看来你也棒极了。"他说到这儿就打住了，没有再加上一句："至于你的父母，我会尽快去让他们宽心，可我不会按照他们的感觉安排自己的生活。坦率地说，他们的感觉对我来说没有那么重要，而且游戏玩到这个份儿上，他们的感觉对你来说也无关紧要了。"不，他不会朝这个方向说下去。相反，他定定地坐在那里，满怀耐心，希望这个家庭逐渐凋零。

第二天，培琴热情地揭掉自己书房的壁纸。这壁纸是好多年前维多利亚选的，虽然阿克斯勒毫不在乎，培琴还是无法忍受壁纸的观感，问他能不能揭掉。阿克斯勒说这间屋子属于她了，她可以按照自己的喜好随意改造，楼上的客卧和旁边的浴室，其实包括这个房子里的每个房间，她都可随意处理。阿克斯勒说他找个油漆工来做挺方便的，可是培琴坚持要自己来揭，而且还想亲自涂描，想把这间书房正式化作己有。她自己家里有剥墙纸的全部必需工具，母亲来纽约的那天，质疑了她在这里居家生活的明智性之后，星期日她就把那些工具拿过来干了起来。那天，阿克斯勒可能进屋看了十多次，观察她如何起揭，每次离开时都怀着同样踏实的念头：如果卡罗尔成功地劝服培琴离开自己，她就不会干得如此卖力。如果她不打算待下去，就不会做自己正在干的这些事儿。

那天晚上，培琴开车回了大学，第二天一大早，她还有一堂课要上。星期天晚上十点左右，电话响起时，他还以为是培琴打电话来告诉自己已经安全到家了。不是她打来的，是那个被抛弃的系主任。"先警告你，名人先生：她可是欲壑难填，她可是鲁莽之极，冷酷无情，内心冷若冰霜，自私得不可思议，而且毫无道德操守。"系主任说完就挂了电话。

第二天早晨，阿克斯勒开着小车去修理，机械师用自己的拖车把他送了回来。干完活儿后，晚上机械师会把小车送回来。中午的时候，阿克斯勒去厨房给自己做三明治，他无意中向窗外望去，看到什么东西从仓库旁边的场地飞速穿过去消失在后面。这次是一个人，不是负鼠。他站在厨房窗户后面等着想看看是否还有第二个、第三个或者第四个人潜伏在别的什么地方。最近几个月来，县里发生了好几起令人不安的入室抢劫事件，主要侵入的对象是那种平时没人住的周末旅人的房子，他怀疑是不是因为车棚空着，被抢劫者盯上了，自己成为白天行窃的目标。他迅速走到阁楼上找出那把步枪，装上子弹，接着又返回楼下在窗户后面观察着自己的财产。他发现，向北一百码远的地方，跟自己家道路垂直的路上，停着一辆小车，但是由于距离太远，他无法判断里面是否有人。无论白天还是黑夜，任何时候，那里停放一辆车都是很罕见的——道路遥远的一侧有座密林覆盖的小山，开阔的田野一直延伸到他的仓库、停车场和房子那里。忽然，那个躲在仓库后面的人从侧面蹑手蹑脚地走过来，然后朝房子正面猛冲过去。他从厨房里看到，入侵者是个高大、瘦削、红头发的女人，身穿牛仔裤和海蓝色的滑雪服。她从正面的窗户朝起居室偷偷地张望着。由于还无法确认她究竟是不是一个人，阿克斯勒握着枪僵立了片刻。她很快从这个窗户移到另一个窗户，每次都停留片刻，仔细朝房间打量一番。阿克斯勒穿过后门从房子里溜出去，她还浑然不觉，正透过南墙一间起居室的窗户朝里张望，他走到距这个女人站立的位置不到十英尺的地方。

阿克斯勒端着来复枪对准她说："这位女士，我能帮你做点什么?"

"噢!"她转过身看到阿克斯勒时惊叫了一声，"噢，对不起!"

"你一个人吗?"

"嗯，我一个人。我叫露易丝·雷纳。"

"你就是那个系主任了。"

"没错。"

她看上去比培琴大不了多少，可是个头要高出很多，恐怕只比阿克斯勒矮几英寸，而且，她身板笔挺，红头发从高高的额头向后梳过去，在脖子后面利落地打了个小结，这女人有种英雄雕像般的风度。"你想过自己这是在干吗?"阿克斯勒问。

"我这是私闯民宅，我知道。我不想伤害什么。我以为屋里没人。"

"你以前来过这儿?"

"只是开车路过。"

"为什么?"

"能把枪放低点吗？搞得我很紧张。"

"噢，你朝窗户里面偷窥同样搞得我很紧张。"

"很抱歉，我向你道歉。我真是太傻了。真丢人。我这就走。"

"你想干吗?"

"你知道我想干吗。"她说。

"你告诉我。"

"我只想看看她每个周末上哪儿去。"

"你的手段非常拙劣。你居然从佛蒙特开车过来调查。"

"她答应过我们要永远在一起，可是她已经离开我三个星期了。我再次向你道歉。我以前从来没有干过这种事儿。我真不该上这儿来。"

"你来见我，这可能没多大用处。"

"确实是这样。"

"这让你妒火中烧。"他说。

"还怀有憎恨，如果你想听实话的话。"

"昨晚打电话的也是你。"

"我已经完全控制不住自己。"她说。

"你太执迷不悟了，所以才打电话，你太执迷了，所以就暗中跟踪。不过你是一个非常有魅力的女人。"

"我可从来没有跟一个端着枪的男人说过话。"

"我不知道她为什么要为了我而离开你。"阿克斯勒说。

"哦，你真不知道？"

"你就像红发瓦尔基里①，而我已经是个老男人了。"

"一个明星老男人。阿克斯勒先生。别假装无名小卒。"

"想进屋坐坐吗？"他问。

"为什么？你也想引诱我吗？重组女同性恋是你的专长吗？"

"我可不是偷窥狂。我也没有半夜给人家密歇根的父母打电话。我昨晚也没有匿名给'名人先生'打电话。没必要如此匆忙地换上谴责的口气。"

---

① Valkyrie，北欧神话中奥丁神的婢女之一。

"我已经面目全非了。"

"你觉得她值得如此吗?"

"不。当然不值得,"露易丝说,"她一点都不漂亮。没有那么聪慧,也没有那么成熟。以她那种年龄,可以说太孩子气了。其实,她还是个孩子。她把蒙大拿的情人变成了男人。她把我变成了乞丐。谁又知道她会把你变成什么。她所到之处留下的是一串灾难的足迹。这种力量是从何而来的呢?"

"猜猜。"阿克斯勒说。

"是这种东西导致灾难的吗?"系主任问。

"她在性方面非常厉害。"阿克斯勒说,并且发现系主任听了这句话后不寒而栗。但是,对这位失败者来说,站在这里直面这个胜利者是挺不容易的。

"厉害的东西多了,"系主任说,"她是个假小子。一个孩子般的成年人。一个内心还没有长大的青春期少女。她还是个很有心计的天真女子。但是导致这个局面的原因不在于她的性欲本身——在于我们。是我们赋予她毁灭性的力量。培琴是个无关紧要的小人物,你知道的。"

"如果她真的无关紧要,你就不会这样死去活来。如果她真的无关紧要，就不会留在这里。你不妨进去看看，那样你可能会瞧得更仔细。"那样阿克斯勒就能听到更多有关培琴的情况，尽管按照系主任的说法培琴的"敲诈"让她已经焦头烂额。没错，阿克斯勒想听系主任讲出对自己来说这个世界上最亲密的人带给她的深深的创伤。

"看到的这些已经够多了。"

"进去吧。"他说。

"我做了蠢事，已经道过歉了。我私闯民宅，很抱歉。现在，我只希望你放我走。"

"我可没抓着你。你有办法试图拿道德谱来刺激我。但是，又不是我最初邀请你来这儿的。"

"那你为什么要我进屋去？是因为跟培琴曾经睡过的女人睡觉是一种胜利吗？"

"我可没有这份野心。我满足于任其自然。我是个讲礼节的人。我可以给你煮杯咖啡。"

"不对，"系主任冷淡地说，"不对，你想上我。"

"你想让我这样吗？"

"那是你的想法。"

"你到这儿来是想让我这样吗？这样就可以报复培琴了吗？"

顷刻间她不再掩饰自己的痛苦，忽然放声哭了起来。"太晚了，太晚了。"她抽泣着说。

阿克斯勒不明白她在说什么，但也没问。她手捧着脸哭泣，这时阿克斯勒转过身，提着枪穿过后门回到屋里，尽量想着露易丝说的有关培琴的话也许没有严肃对待的价值，无论在屋子外面说的还是昨晚在电话里说的那些话都不值得当回事。

阿克斯勒晚上给培琴打电话时没有提到下午发生的插曲，培琴周末过来后也没有说起露易丝曾经来过，他们做爱的时候，他头脑中怎么都摆脱不掉那个红头发的瓦尔基里，以及对那桩没有发生的事情想入非非的念头。

三、最后的表演

脊椎疼痛让阿克斯勒无法在上面甚至侧面跟培琴做爱，他只好平躺着让她骑跪在上面，双手撑着，免得她全身的重量落在骨盆上。刚开始，她骑在上面完全不知道如何活动，阿克斯勒只好用自己的手把着教她。"我真不会做。"培琴羞怯地说。"你就像骑在马上那样。"阿克斯勒说，"骑着就是了。"当阿克斯勒把手指伸进培琴的屁眼时，她发出愉快的喘息和呢喃声。"从来没有人在那儿放过什么东西。""不可能。"阿克斯勒轻轻地呻吟着。随后，当他把自己的那家伙放进去时，培琴尽量承受着，直到再也忍受不了。"疼吗？"他问。"疼，但谁让是你呢。"完事后她喜欢把那家伙握在手里，盯着它慢慢软塌下去。"你在想什么呢？"他问。"这东西会把你撑得胀胀的，"她说，

"玩具和手指可办不到。它可是有生命的，是件活物。"培琴很快就掌握了如何驾驭这匹马，很快，当她缓慢地上下活动时，开始说"使劲儿撞我"，等他开始撞的时候，培琴又会嘲笑着说："你把劲儿都使出来了吗？""你的脸都潮红了。""再使点劲儿。"她说。"好啊，可是为什么呢？""因为我允许你这样做。因为这样会疼。因为这样会让我感觉自己是个小姑娘，因为这样会让我感觉自己是个荡妇。别停，再使点劲儿。"

一个周末，培琴带来一小塑料袋性玩具，他们准备上床时，她把这些东西取出来摊在床单上。阿克斯勒见过假阴茎，但是，除了在电影里，从来没有见过那种可以用皮带系在身上的假玩意儿，一个女人可以用它来上另外一个女人。他让培琴把那些玩具带过来，看着她把套具系到屁股上方，像皮带般扣紧了。她穿上这身行头后样子像个持枪的歹徒，而且是那种走路十分放肆的歹徒。接着她把绿色橡皮假阴茎插进差不多跟自己阴蒂平行的套具的一道槽口里。她只戴着这件行头站在床边。"让我看看你的。"阿克斯勒脱掉内裤，扔到床边上，这时她抓着那个假东西，先用婴儿油润滑了下，然后假装像男人般手淫了会儿。他带着欣赏的口吻说："看着挺逼真。""你想让我用它来上你吗？""不用了，谢谢。"他说。"我不会弄疼你的。"她哄着说，像小猫般放低声音。"我答应会对你很温柔。"她说。"真有趣，但你看上去并不会很温柔的样子。""你千万别被外表所蒙骗。噢，让我来试试，"她大笑着说，"你会喜欢的，这可是新垦地。""你会喜欢。我更喜欢你来舔舔。"他说。"戴着这假玩意舔吧。"她说。"好。""戴着我这个硕大肥厚的绿家伙舔吧。""我正是这么想的。""我戴着这个绿色大家伙的时候你可以玩弄我的奶子。""听上去不错。""等我舔完了，"她说，"你再来舔我。你得对准这个绿色大家伙舔。""可以。"阿克斯勒说。"所以——看来你能办得到，你人为地划出好多奇怪的疆界。总之，你要清楚自己仍然是个非常扭曲的男人，需要我这样的女孩来刺激。""我可能是个变态的男人，可是我觉得像你这样的女孩已经不够格了。""噢，你现在不能做了？""没法跟那个花两百块剪个头发的女人做。没法跟穿着那种衣服的女人做。没法跟有穿鞋赶你时髦的母亲的女人做。"培琴的手继续在那个假货上缓缓地来回捋着。"你真觉得最近这十个月来跟你做爱让我不再是女同性恋了吗？""你这是告诉我你还在跟女人睡觉吗？"他问。培琴继续用手套弄着那东西。"是吗，培琴？"她那只闲着的手竖起两根手指。"什么意思？"他问。"两次。""跟露易丝吗？""别犯傻了。""那跟谁？"她的脸立刻羞红了。"两个女子队在玩垒球，我回学校时正好经过。我把车停下来，从里面出来，然后走过去，站在条椅边观看，"停顿了片刻后她又继续坦白，"比赛结束后，那个扎着马尾辫的金发女孩跟我一同回屋去。""那第二次呢？""跟另外那个扎着马尾辫的金发投手。""这会让不少上场运动员等候的，"他说。"我不是故意这样做的。"培琴说，继续套弄着那根绿色阴茎。"也许，培琴·迈克，"阿克斯勒说，说话间口音逐渐换成了自从表演《西方世界的花花公子》以来再没有使用过的爱尔兰口音，"你应该告诉我，以后还打不打算干这种事儿了？我希望你最好别干了。"他说，心里清楚想控制培琴像自己这样独身自处是徒劳的，清楚自己的这份热情显得非常可笑——所以试图用这种爱尔兰口音把自己的感情掩饰起来。"告诉你吧，我绝不想再做这种事儿了。"接着，既是因为欲望的泛滥，又因为想封住阿克斯勒的嘴，培琴把嘴巴滑到他的那家伙上，阿克斯勒继续歇斯底里、严厉地盯着她，这时内心的无助感，这种事儿简直荒唐透顶，培琴的过去已经不可改造，培琴已经不可得，自己在把一出新的悲剧搬到头上，这些纷乱的念头开始减弱。这种杂念荟萃的怪异让很多人心烦意乱。然而这种怪异又让人激动。可是那种恐怖依然存在：对回到过去将彻底完蛋的恐怖，那种沦为下一个露易丝——那个斥骂、疯狂、报复的前情人的恐怖。

星期六，母亲来过之后，培琴的父亲又到纽约来看她，这完全于事无补。阿萨从卡罗尔说过的话把儿上接起，又说了遍他们关系的危险性，从情人危险的年龄谈到他危险的心理状态。但是，阿克斯勒的策略依旧不改：容忍自己听到的一切，不要挑战父母，只要培琴不屈服。

"你妈妈说得很对——发型剪得漂亮极了。"她又把父亲说的话学了一遍。"她说你的衣服很好看，说得也没错。"他说。"真的吗，你觉得我显得挺好看？""你看着漂亮极了。"他说。"比我过去还要好看？""不一样，完全不同了。""我现在更像你们心目中期望的女儿吗？""你有了过去从来没有的风度。现在跟我说说西蒙的事儿吧。""自从在肯尼迪中心经历了那段艰难后，"培琴说，"他住进一家精神病院。你想让我说的就是这个吗？"她问。"没错。"他说。"我们都存在不少严重的问题，爸爸。""我们都有严重的问题，可是我们并没有都去住精神病院。""既然说到这儿，那就谈谈年龄差距吧？你不是想谈这个吗？""我还是问些别的吧：你是明星迷吗，培琴？你知道某种特定的角色会带着自己特定的磁场，某种环形的电磁场吗？具体到他而言，这种力量场源于他是个明星。你是明星迷吗？"她笑了。"最初可能有这个因素。这次，我向你保证，他就是他。""能问问你们在一块儿都做些什么吗？"他说。"我们最好别谈这个。""也许以后你应该跟我谈谈这个问题。你打算跟他结婚吗，培琴？""我觉得他没有跟任何人结婚的兴趣。""你呢？""你干吗对待我就跟个十二岁的小孩似的？"她说。"因为可能男人关心的就是你十二岁而不是四十岁。你瞧，西蒙·阿克斯勒是个迷人的演员，也许对女人来说是个迷人的男人。可是他已经到了那把年纪，你又是这个年纪。他有自己的生活，经历了辉煌的上升和剧烈的败落。你有自己的生活。他的消沉让我很担忧，我不愿像你那样谈起来若无其事。我不想告诉你，我不愿意施加任何压力让你去承受。我就是这么想的。"

他不像母亲那样最后以跟女儿购物的方式结束那一天的行程，而是当天吃晚饭时给她家里打来电话，以同样强烈的姿态继续纽约吃午饭时开始的那场谈话。父女的谈话从来不会超过一个钟头。

培琴在纽约看到她父亲后的那天晚上，阿克斯勒在床上对她说："我想让你知道，培琴，我被你父母干的这些事儿搞得目瞪口呆。我不明白他们要在我们的生活中发挥什么样的作用。这个作用看来太大了点，而且，事无巨细都考虑到了，有点荒唐。另一方面，我已经看出来了，在人生的任何阶段，人身上都存在很多不解之谜，他们与父母的纽带关联可能会让人很惊讶。事已如此，我不妨提个建议：如果你同意我乘飞机去趟密歇根，我想坐下来听听他想说的每句话，等他告诉我为什么会反对时，我甚至都不会辩解——我会跟他站在一边。我会告诉他，他关心的一切都很有意义，而且我也同意——如果要正视的话，这种关系很不可思议，说穿了，其中可能牵涉到诸多危险。然而，事实仍然是，我和他女儿感觉很好。事实上，我和他以及卡罗尔在纽约青春年少时是好朋友跟现在毫无关系。这是我唯一想陈述的辩护理由，培琴，如果你允许我去见他的话。这事由你来做决定。如果你同意，这个星期就可以过去。如果你愿意，我明天就可以过去。"

"他见我就足够了，"培琴答道，"没有必要扯得太远。特别是你已经说得很清楚了，觉得这事儿已经扯得太远了。"

"我还不敢肯定你的意见是否妥当，"他说，"最好容忍这位气急败坏的父亲——"

"可是我父亲并没有气急败坏，发火可不是他的本性。我觉得没有必要人为地刺激出近期不会发生的局面。"

阿克斯勒想，噢，还有什么近期局面，好吧——你父母，两个正直古板的人还没有通过呢。但他只是说："好吧。我只不过提出这个想法。最终还是由你来决定。"

事实果真如此吗？难道借助反对来让他们保持中立而不是暂且撇下不管任其自然伺机而动取决于他吗？事实上，他应该陪她去趟纽约——他应该坚持去那里，当面降伏阿萨。虽然培琴刚才那番话向他做了保证，但他还是不情愿放弃阿萨是个暴躁父亲的念头，他应该直面而不是逃避。你是明星迷吗？当然他对这点是深信不疑，他从来没有演过大角色。是的，阿克斯勒想，我的声名偷走了他唯一的女儿，而这个名气阿萨本人从来不曾获得过。

第二个星期过半时，阿克斯勒抽时间读了读上个星期五的本郡报纸，头条新闻讲的是一起谋杀案，发生在二十五英里之外的一个郊区模范小镇。一个四十多岁的男子，一个成功的整形外科医生被疏远的妻子开枪杀死。妻子名叫西比尔·冯·布伦。

那时两人显然已经分居。她开着车从自己家出发穿过镇子，丈夫刚打开门就朝他的胸膛上连开两枪，人立刻毙命。妻子把凶器扔到门口的台阶上，然后回到停在路边的小车中坐着不动，最后警察赶来，把她带到警察局进行审讯。早晨出门的时候，她就安排好让保姆全天陪自己的两个孩子。

阿克斯勒打电话告诉培琴发生了什么事儿。

"你认为她会干出这种事情吗？"培琴问。

"你是说这样一个无助的人？不，绝对不会。她有自己的动机——性骚扰——但杀人？她问过我能不能替她杀了那人。她说：'我需要找个人，杀了那个邪恶的家伙。'"

"多么惊人的故事啊。"培琴说。

"这个貌似柔弱的女子以孩子般极致的柔弱为武器。这是你碰到的最没有威胁性的人。"

"他们不会给她判刑的。"培琴说。

"可能会判，可能不会。"

"也许她可以申诉说杀人是因为突发性精神异常，然后释放出来。可到时她会怎么样呢？那个孩子会怎么样呢？如果那个小女孩没有因为继父的所作所为毁灭，现在可能会因为母亲的所作所为而毁灭。更不要提他们的那个小男孩了。"

"你想让我晚上过来吗？你的声音在颤抖。"

"不，不，"他说，"我很好。我只是从来没认识过在舞台之外杀人的人。"

"我一会儿过来。"培琴说。

培琴过来后，吃了晚饭，两人坐在起居室，阿克斯勒给她复述着西比尔·冯·布伦在医院讲过的每个细节。他找出西比尔的那封信——那封由杰瑞办公室转交给他的信——然后递给培琴读。

"丈夫声称无辜，"阿克斯勒解释道，"声称那是她看到的幻觉。"

"是吗?"

"我不觉得。我见过她那副痛苦的表情。我相信她说的是真话。"

白天，他把那篇文章读了又读，反复盯着登在报纸上的西比尔的照片，那是一张工作室肖像，三十多岁了，但不像结过婚的女人，更不要说像克吕泰涅斯特拉①，更像一个高中啦啦队员，完全没有生活阅历的人。

第二天阿克斯勒给咨询台打电话，很容易就拿到了冯·布伦的电话号码。他打去电话时，一个自称西比尔妹妹的人接了电话。阿克斯勒说了自己是谁，然后提到西比尔的来信。他在电话上读了这封信。他们决定让她把这封信转给西比尔的律师。

"你能见到她吗?"阿克斯勒问。

"只能跟律师见面。因为看不到孩子，她经常泪水涟涟。要不就无精打采。"

"她说起过谋杀吗?"

① Clytemnestra，希腊神话中阿伽门农之妻，与人私通，杀死了丈夫。

"她说：'必须得有个了结。'你都觉得那是她第十五次说这样的话，不是第一次。她的状态很奇怪。好像重力不翼而飞。好像重力全落在身后了。"

"只是暂时的。"他说。

"我也是这么想的。会有一场巨大的毁灭发生。她不会在这副平静的面具后面生活太长时间。必须监视她以免她在牢房里自杀。我很害怕接下来会发生的事情。"

"当然。做出这事的她绝不是我认识的那个女人。为什么过了这么久，她还这样干呢？"

"因为虽然约翰搬走了，但仍然继续否认一切，还说她患了妄想症，这让她陷入疯狂的执迷状态。她去见约翰的那天早晨，心想无论用什么手段都要让他忏悔。我说：'别去了，这只会把你逼到绝境。'我说对了。我让她去找社区律师控告。我说应该把他绳之以法。可是她都不听：他不是无名之辈，案件会在报纸上、电视上炒作，艾莉森会被拖进一场诉讼的噩梦，暴露在更加严重的恐怖中。她这样说，我做梦都没想到'无论用什么手段都要让他忏悔'居然是动用他的那杆猎枪——也许动用他的猎枪同样会上报纸，你知道。可是星期六早晨她走到约翰的住处时，不等让自己进屋就开枪了。她都不给丈夫说一个字的机会。不是因为他们争执过，这件事已经升级了，然后她就开枪杀了丈夫。等他的脸全部看清楚了——就在大门口，她连扣两下扳机，然后他就死了。她对我说：'他想伤害别人，所以我要伤害他。'"

"那小姑娘知道什么吗？"

"还没告诉她呢。这可没那么轻松。这件事儿没有轻松的部分。已故的冯·布伦医生坚信这点。在我看来，艾莉森将来要受的苦不可想象。"

从那以后，好几天阿克斯勒在心里默念着艾莉森将要遭受的痛苦。也许正是这个念头迫使西比尔杀了丈夫——因此却把艾莉森的痛苦永远放大了。

一天晚上，培琴在床上对阿克斯勒说："我给你找了个女孩。是普雷斯科特游泳队的。我下午经常跟她一起游泳。女孩名叫劳拉。想让我把劳拉带过来吗？"

培琴正在他上面缓缓悠悠地上下起伏着，灯全都熄了，但是从屋子外面高大的树木淡白色的枝桠间透过来的满月的光芒把房间照得朦朦胧胧。

"给说说劳拉怎么样。"他说。

"噢，你会非常喜欢。"

"现在你已经喜欢上她了吧。"

"我在游泳池观察过她。在更衣间观察过她。是个富家子弟。是个有权有势人家的孩子。一分钟的苦都没受过。完美之极。金发。晶莹的蓝眼睛。长腿。双腿结实有力。乳房无可挑剔。"

"有多完美呢?"

"只消听听对劳拉的描述就保证能让你硬起来。"她说。

"我指的是乳房。"阿克斯勒说。

"她十九岁。乳房很结实，而且高耸。她私处的毛都刮了，两边只剩一绺金色毛发。"

"谁在上着她? 男孩还是女孩?"

"我还不知道。不过有人在玩着呢。"

从那以后，只要他们愿意，劳拉随时过来。

"你可以上她了，"培琴会说，"这是劳拉完美的小屁。"

"你也上她吗?"

"不。只留给你用。闭上眼睛。想让她给你带来高潮吗?

好吧，你这个金发小婊子——让他高潮！"培琴尖叫着说。他不用再教劳拉如何驾驭这匹马。"射她个全身！快点！快点！好，就这样——射到她脸上！"

一天晚上，他们走进当地一家小饭馆吃晚饭。从那家乡村餐厅可以看到公路那边有一片很大的湖，被夕阳照得波光粼粼。她穿着最新的衣服，那是他们上周匆匆去纽约买来的：一条小小的贴身黑色运动短裙，一件红色无袖羊绒背心，一件红色羊绒开襟衫，在肩膀上打着结。她穿着深黑色的长统袜，带一只软皮肩挎包，边缘缀着小小的皮穗，脚穿一双尖尖的黑色露跟鞋，剪得露出了脚缝儿。她显得身段柔软，曲线性感迷人，上半身是红色，腰以下全是黑色。有时她会产生某种短暂的慰藉感，觉得自己一辈子都可以穿成这样。她照售货女郎的建议，背肩包时让带子斜穿身体，像子弹带那样，让包挎在屁股上。

为了尽量不要让自己的脊背僵硬，不要让自己的双腿麻木，阿克斯勒习惯吃饭期间站起来走上几圈，于是乘主餐结束，点心还没上来的时候，阿克斯勒就先站起来，再次缓步穿过饭店，走过饭店的公用候坐室，走进酒吧。那儿他看到一个很漂亮的女人在独自饮酒。她二十多岁，从她跟酒保说话的样子看，阿克斯勒判断她已经有些微醉。这个女子朝他这边望过来时，阿克斯勒微笑着，因此延长了逗留的时间，问酒保能否知道球赛比分。后来他又问女孩是本地人还是在酒吧坐坐。她说刚在公路下边那家古董店找到份工作，下班后顺便来这里喝上一杯。阿克斯勒问女孩对古董有什么了解，她说父母在遥远的北方开了家古董店。她曾在格林威治村一家店里工作过三年，决定离开城市到华盛顿县试试运气。他问来这儿有多久了，女孩说一个月前刚到。他又问在喝什么，女孩告诉了之后，他说下杯酒我来请客，接着指示酒保把钱算在自己账上。

点心上来时，他对培琴说："酒吧里有个女孩好像喝醉了。"

"看上去怎么样了？"

"好像还能照顾自己。"

"你想要吗？"

"如果你想的话。"他说。

"有多大年纪？"

"我看有二十八岁。你可以管管。用你和你的绿家伙。"

"你也可以管管，"她说，"用你和你的真家伙。"

"那我们一起管管。"他说。

"我去看看她。"培琴说。

阿克斯勒付了账单，他们离开饭店，走到酒吧门口站住。他站在培琴后面，双手搂住培琴。他能感觉培琴看到酒吧里喝酒的那个女孩时激动得浑身都在颤抖。她的颤抖又让他感到很刺激。好像两个人化作同一个受到诱惑后疯狂不已的动物。

"喜欢她吗?"阿克斯勒悄声说。

"看那样子，只要给半个机会，她就会堕落。看那样子，她好像打算这辈子要在犯罪中度过了。"

"你想把她带回家吧。"

"她可不是劳拉，但也还行。"

"她要在车里呕吐怎么办?"

"你觉得她快要吐了吗?"

"她快吐的状态已经酝酿好长时间了。可是她要在家里昏死过去，我们怎么才能脱掉干系呢?"

"杀了她。"培琴说。

在前门他仍然紧紧抱着培琴，然后朝酒吧喊道："需要车送吗，这位年轻女士？"

"我叫特蕾西。"

"需要车送吗，特蕾西？"

"我自己有车。"特蕾西说。

"你现在这个状态还能开车吗？我可以送你回家。"培琴还在他的怀中颤抖着。她就像一只猫，阿克斯勒想，猎鹰在没有跳跃之前在养鹰者的手腕上冲着猫叫器。你可以控制这只动物——除非放了它。我提供特蕾西给她就像给她买衣服。人人都可以对劳拉放肆，因为劳拉不在，所以不存在后果问题。他知道，这次可不同。阿克斯勒忽然想到，他把所有的力量都转移到培琴身上了。

"我可以让丈夫来接。"特蕾西说。

阿克斯勒早就注意到她没戴婚戒。"别，还是我们来送你吧。去哪儿？"

特蕾西说了个向西去十二英里的小镇。

酒吧值班经理知道阿克斯勒住在正对面，他在忙自己的活儿，完全像个聋哑人。阿克斯勒演过很多电影，其实这个有九百个居民的小镇人人都认识他，但鲜有人知道他的声名是建立在自己取得终身成就的舞台上。那个喝得醉醺醺的年轻女子买了单，从凳子上爬过去，抓起夹克就要走。她比阿克斯勒想象的要高大魁梧，同时——也许是题外话，但也并非无稽之谈——同样是个胸脯丰满的金发女郎，身体庞大，有种成熟的日耳曼人的漂亮。总之，是庄重典雅的露易丝的粗放和平庸版。

他和培琴齐力把特蕾西放到后座上，然后上了黑暗的乡村公路向自己的家驶去，这时公路上没有任何车辆，空空荡荡。感觉就像他们绑架了这个女人。培琴驱车前进的轻飘感没有让他觉得惊讶。她像剪头发时那样摆脱了任何限制或者恐惧的束缚，而阿克斯勒听到小车后面的声音时就已心旌摇荡。来到家里的卧室，培琴把那只塑料袋里的器具腾空后都放在床上，其中就有那支九尾鞭，带着几缕非常柔软、细薄、没有打结的黑皮子。

阿克斯勒不知道特蕾西脑子里作何感想。她钻进两个自己从没见过的人的车中，他们把她带到乡村深处一条土路上向一幢房子驶去，从小车里出来后走进一个五花八门的环境。她可能喝醉了，不过，也可能是因为太年轻了。她要冒的危险有那样显而易见吗？换句话说我和培琴值得信任吗？特蕾西在寻求冒险的刺激？阿克斯勒不知道她以前碰到过这种事情没有。他又开始琢磨为什么她要这样做。特蕾西将落在他们的膝盖上做出他们兴奋地梦寐以求在床上干的劳拉式的事情，这是没有道理的。可是什么有道理？他再也不能上台表演？他作为一个精神病人？跟最初还是她妈妈喂奶时见过的女同性恋者的恋爱？

　　一个男人跟两个女人一起厮混时，对其中一个女人来说，不管是有道理还是错误，遭到忽视后逼得在墙角哭泣，那种感觉可谓司空见惯。这次似乎走得远了点，好像在角落哭泣的那个人是他。然而，从床铺遥远的一侧观望时，他并没有遭到忽视的痛苦感觉。他任由培琴表演摆布，到最后总结时再参与进来。他将暂时超然地旁观。培琴先是套上那副装置，调整并系好皮带，连上假阴茎，那家伙直挺挺地向外伸着。接着培琴蹲在特蕾西上方，用嘴轻拂着特蕾西的嘴唇和乳头，同时抚弄着她的乳房，然后一路滑下去轻轻地用那个假玩意儿戳着特蕾西。培琴无需使劲就让她张开了。她用不着讲一句话——阿克斯勒想象，如果他们中某个人张嘴说话了，这种语言他肯定听不懂。那个绿色假玩意儿在平摊其下的肥大裸体中忽进忽出，先是慢慢悠悠，接着加快了速度，加大了力度，然后继续保持那个力度不变。特蕾西身体的全部弯弯沟沟都随着那东西同步活动着。这不是软性色情片。这已经不是两个赤身裸体的女人在床上抚摸和亲吻。眼前这种女人针对女人的暴力已经有了原始的意味，好像在那间充满影子的房间，培琴成了萨满教徒、杂技演员和动物的合成物。她好像在自己的生殖器上戴了副面具，一副怪诞的图腾面具，让她走了样儿，同时又不是想象中应该的样子。可以说她既是只乌鸦或者山狗，又是培琴·迈克。这里有某种危险的元素。阿克斯勒的心激动得怦怦乱跳——这个潘神带着窥探和淫荡的目光远远地旁观着。

当培琴从她待的地方看过来时又开始说英语了，此刻她已躺在特蕾西身旁，把九尾鞭插进特蕾西的长发里梳着，同时露出两颗门牙，面带孩子般的微笑，温柔地对他说："该你了。来糟践她吧。"培琴抓住特蕾西的一只肩膀，小声说："该换主人了。"然后轻轻地把这个陌生人巨大、温暖的身体向他推过去。"三个孩子相聚一堂，"他说，"决定上演一出戏。"他的表演从这儿开始了。

　　大约午夜时分，他们开车把特蕾西送到那家小饭店旁边的停车场，她的小车还放在那里。"你们两个经常干这种事儿吗?"特蕾西在后座上问，她躺在那儿，培琴搂着。

　　"不，"培琴说，"你呢?"

　　"我这辈子可从来没干过这种事儿。"

　　"那你觉得如何呢?"培琴问。

　　"我没法想什么。脑子塞满各种应该想的事儿。感觉短路了。感觉像吃了毒品。"

　　"你的胆子怎么会这么大，"培琴问，"是喝多酒的缘故吗?"

　　"是你的衣服，你的气质形象让我放心。我想，没有什么可怕的。请问，他是那个演员吗?"特蕾西问道，好像阿克斯勒没在车里。

　　"是他。"培琴说。

　　"那个值班经理讲的。你是演员吗?"她问培琴。

　　"断断续续地表演点。"培琴说。

"太疯狂了。"特蕾西说。

"没错。"培琴答道，这个九尾鞭的掌控者和假阴茎的欣赏家，她本人可不是业余玩家，其实她已经玩到了极致。

告别时特蕾西疯狂地吻了培琴。后者同样疯狂地回吻了她，还抚摸了她的头发和乳房，在他们相遇的那个小饭店旁边的停车场里，两人霎时间紧紧地缠绕在一起。接着特蕾西钻进车里，快要开走时听到培琴说："希望能很快再见。"

开车回家时培琴把手伸进阿克斯勒的内裤。"那味道，"她说，"还停留在我们身上。"阿克斯勒却在想，我失算了——我根本就没有想明白。他已经不是潘神了。还差得很远。

培琴冲澡的时候，他坐在楼下的厨房里，倒了杯茶喝着。跟没发生什么事儿般，好像跟在家里度过的某个平常普通的夜晚毫无区别。那茶叶、杯子、托盘、糖块和奶油——所有这一切都在满足着这个事实的需要。

"我想要个孩子。"他想象培琴说出这样的话。他想象培琴洗完澡走进厨房说："我想要个孩子。"他想象这件最不可能的事情有可能发生，所以他才想象。他公然强行把自己的蛮勇放回一件家庭的容器中。

"跟谁生？"他想象自己在询问培琴。

"跟你啊。你是我生命的选择。"

"正如你家人负责地警告过，我已经在向七十岁迈进。等小孩十岁的时候，我就已经七十五岁，七十六岁了，那时我就不是你的选择了。考虑到我的脊椎，到时我可能已经坐在轮椅上了，如果还没有死掉的话。"

"不要管我们家人，"他想象培琴说，"我要你做孩子的父亲。"

"你打算不让阿萨和卡罗尔知道吗？"

"不。等既成事实后再说。你说得没错。露易丝的那个电话帮了我一个忙。这件事已经不再是秘密了。他们将要面对这个事实生活。"

"养育孩子的欲望到底是从哪儿来的呢？"

"来自我为了你而变成那个样子。"

他想象自己说："谁能料到今晚会有这样的艳遇？"

"完全料不到，"他想象培琴回答说，"关键是下一步。如果我们继续相处，我想做三件事情。我要你做个脊椎的外科手术。我要你重返舞台。我要你让我怀孕。"

"你的胃口太大了。"

"谁教我这样贪婪的呢?"他想象培琴这样说,"这是我对过真实生活提的一个建议。我还能有什么要求可提呢?"

"脊椎手术是非常棘手的。我见过的大夫都说我这种情况动手术没好处。"

"你不能继续带着那样的痛苦生活。不能老这样一瘸一拐的。"

"而我的事业依然棘手。"

"不,"他想象培琴说,"那不过是采取措施结束这种不确定感的问题。大胆而又长远的措施。"

"这就是全部的要求吧。"他想象自己回答。

"没错。该到你大胆做决定的时候了。"

"如果真要做的话,听着好像是该谨慎的时候。"

可是正因为有了培琴的陪伴,他又开始青春焕发,因为他不遗余力地相信,培琴从给他倒了杯水开始——自那以后一举成功,即性口味的不断变换——肯定会把跟他相处化作满意的现实,他思索着自己能够想到的最有希望的念头。在这种对矫正生活的厨房漫想中，他想象自己看到一个矫形外科医生把他送进核磁共振设备中，那是为了拍手术前的脊髓造影照片，为了动外科手术用。其间，他将跟杰瑞·奥本海默签订合同，并且告诉他，如果有人给一个角色演，他就可以继续工作。后来，他还在厨房的桌边勾勒着这些念头，兴奋地刺激着自己，这时楼上的培琴已经洗完澡，他想象培琴当月就怀上一个健康的孩子，而他在加斯里剧院以表演詹姆斯·蒂龙的角色来重新开局。他要找到文森特·丹尼尔斯的名片，他把名片当书签夹在《进入黑夜的漫长旅程》中了。他将带着那个剧本去找文森特·丹尼尔斯，他们将整天在一起工作，直到找到办法消除不自信，这样，当他走上舞台出现在加斯里剧院开幕之夜时，那种失去的魅力将再次回归，他知道，当那些台词自然而然、不费吹灰之力从嘴里飞出时，他会演得简直跟自己以前的最佳表现同样出色，虽然好长时间不曾胜任角色，无论何等痛苦，好像都不曾发生过那桩糟糕透顶的事情。现在观众觉得他每时每刻都在焕发着新鲜的魅力。从前，在需要面对表演最可怕的部分——台词，说点什么，自然而随意地说点什么——的时候，他感觉自己好像赤身裸体，没有任何手段保护，现在一切都再次从本能中解放出来，他不再需要借助别的手段。坏运期结束了。庸人自扰的折磨结束了。他恢复了自信，忧郁消失，可恶的恐惧感弥散了，离他而去的一切都物归原主。一种生活的重建即将开始，对他来说，这种重建始于跟培琴·斯特普福德陷入情网，奇妙的是，正是这个女人给这项工作补充了能量。

此刻他仿佛觉得厨房里想象的那一幕不再是他刚虚构出来的虚无缥缈的东西，而是他在想象一种新的可能性，一种他愿意为之奋斗、实践和享受的勃勃生机的再度开发。阿克斯勒感觉自己二十二岁最初到纽约来试演时的那种毅然决然又回来了。

第二天早晨，当培琴开着车一离开家回佛蒙特，阿克斯勒就给纽约的一家医院打去电话，想找个医生咨询下六十五岁时做父亲的基因风险。医院把他的电话转到一个专家的办公室，他们约好下周见面。这件事他跟培琴只字未提。

医院在很远的上城区，他在一家车库里停好车，然后怀着不断强烈的兴奋感向那位医生的办公室走去。医生给了他一张常用的医学表格让填，然后一个大约三十五岁的菲律宾人接待了他，自称是万医生的助手。候诊区有一间带窗户的房子，助理把他带到那里，这样他们就可以相对隔离开来。那间房子好像是设计给儿童用的，桌子低矮，随便摆着些小椅子，一面墙上还钉着许多儿童绘画。他们两个在一张桌子旁边坐下。助理开始询问他本人以及家人的病史，还问了家人都死于什么疾病。助理把答案都记录下来，在纸上画出家族图谱。阿克斯勒尽可能把自己知道的家族情况都说了出来。然后，助理又拿出第二张纸，问了些女方家族的情况，阿克斯勒只能告诉他，培琴的父母都还活着。他对培琴的父母或者叔叔、阿姨、祖父母、高祖父母的病史毫无所知。助手又问了培琴家的籍贯，这个问题他也问过阿克斯勒，而且对有关信息做了记录，然后告诉阿克斯勒，他会把所有的资料都提供给万医生，等他和医生会商过后，医生会出来跟阿克斯勒谈的。

阿克斯勒一个人留在房间后，他对自己的力量、本性、屈辱的结束、在这个世界上销声匿迹的终结感到狂喜不已。这已经不是想入非非，西蒙·阿克斯勒的青春焕发已经真的在启动。而且就在这间放满了儿童家具的房间开始启动了。家具的大小让他回想起哈默顿的艺术治疗班，那时治疗师发给他和西比尔·冯·布伦蜡笔和纸，让画几幅画。他想起自己如何像在幼儿园班上那样顺从地设色作画。他想起在哈默顿医院令人痛心的结局，所有自信的迹象荡然无存。他想起自己发现让他走出某种无所不在的失败和恐惧感的是那天晚饭后在娱乐室里听到的谈话，以及那些住院治疗昏头昏脑，还想自杀的人讲述的故事。但是，此刻，一个巨人唐突地坐在这些小桌子小椅子中间，他跟那个演员坐在一张桌子旁边，想着自己身后取得的成绩，相信生活还能再次开始。

　　万医生是个矮小、苗条的年轻女人，她说，当然同样需要培琴的家族病史资料，但是利用现有的信息至少可以向他解释他对年老的父系后代出生缺陷的担忧。她告诉阿克斯勒，虽然男人生育的最佳年龄是二十多岁，尽管基因缺陷或者发育紊乱的遗传风险在四十岁后会增强，虽然年纪更大些的男人精子中受损 DNA 的成分更多，像他这种年龄并且健康的男人生育没有出生缺陷的正常孩子的概率并不必然可怕，特别是，有些，尽管不是全部，生育缺陷在孕期是可以检测到的。"产生精子的睾丸细胞每十六天分裂一次，"万医生解释说，他们面对面隔一张小桌坐着，"这意味着这种细胞在五十岁的时候分裂大约八百次。每次细胞分裂，精子的 DNA 中的错误概率就会增加。"如果培琴能提供另外一方的资料，她就可以更加充分地估计出他们的情况，如果还想继续进行下去的话，就可以跟他们合作。她给了阿克斯勒一张自己的名片和一本详细列举了生育缺陷性质和风险的小册子。她又说阿克斯勒这个年龄让女性受孕的机会也比较低，因此，应他之请，万医生推荐阿克斯勒去实验室做个精子检测。那样的话，他就可以确定是否有让女性受孕的困难。"可能会存在精子数量、活力、形态方面的问题。"医生说。"我明白。"阿克斯勒说。为了表示难以抑制的感激之情，他紧紧握住医生的手。医生冲他微笑着，好像她年龄更大似的，然后说："有什么问题尽管给我打电话。"

回家后，阿克斯勒有种巨大的冲动，想抓起电话给培琴打过去，告诉培琴那个让他欲罢不能的了不起的想法，告诉她自己已经为此采取了什么措施。但是那场谈话得等到她下个星期来了，一起说上好几个钟头。那天晚上，他独自躺在床上，读着万医生给他的小册子。"生育健康的孩子需要健康的精子……大约 2% 到 3% 的孩子出生时就有重大的生育缺陷——

超过二十个罕见却具有破坏性的基因紊乱跟年老的父亲有关，男人年龄越大，伴侣流产的可能性就越大，年纪较大的父亲生育的孩子得自闭症、精神分裂症、唐氏综合征的可能性就越大……"他一口气把小册子读完后又读了一遍，当他看到了这条信息后不禁悲伤起来，琢磨着自己这种年龄生育会有很多大风险，他读的这些东西并没有说服自己撤回计划。相反，他激动得难以入眠，想着将有美妙的事情发生，不觉间来到起居室，听着曼妙的音乐，情绪更加高昂，而且，还伴随着自己多年不曾体验过的那种无所畏惧的感觉，品味着拥有一个小孩的充满生物意味的渴望。这种感觉通常主要是女人而不是男人的体验。他们在一起生活似乎可以无所不能。培琴得跟他一起去见见万医生。一旦所有的遗传资料都齐全了，他们就可以冷静地评估将来会如何。

阿克斯勒本来打算在周五晚饭后开始这场谈话。可是来度周末的培琴，周五下午回来后就钻进自己的书房，开始批阅大摞的学生试卷，扔下阿克斯勒一个人在那里做晚饭。吃完饭后她又回到书房，还有更多的试卷等着要判。阿克斯勒心想，那就先让她把所有的事儿都处理完了再说吧。到时我们有整个周末的时间可以交谈。

躺在黑暗中的床上——从跟特蕾西幽会那天算起两个星期后——阿克斯勒要亲吻和抚摸培琴时，她推开说："我今晚没心情。""那好吧。"阿克斯勒说，因为逗不起培琴的欲望就翻到一侧，但并没有就此松开她的手，仍然握在自己手中——这只手仍然渴望抚摸一切——直到培琴睡着了。半夜醒来后，他寻思，培琴说心绪不对头是什么意思呢，为什么她回来的刹那就不愿意跟自己热乎呢?

次日清晨，一大早他就明白了，甚至没有机会跟她谈自己拜会万医生的情况，以及那次拜会所蕴含的深远意味，以及摆在他们前面的潜在意义。他明白了，去见万医生时为了避免鲁莽之嫌，他都没有好好反思，乃至让自己深陷到幻境之中。

"到此结束吧。"培琴在早餐桌边对阿克斯勒说。两人坐在各自的椅子里，面对面，就像几个月前培琴告诉阿克斯勒说，他们已经在冒险了那样。

"结束什么?"他问。

"结束这个。"

"为什么呢?"

"这样的生活不是我想要的。我犯了个错误。"

于是分手开始，来得如此仓促，大约三十分钟后正式结束，这时培琴在大门口提着满满当当的行李袋，阿克斯勒泪流满面。这与他两星期前的那天晚上在厨房里的憧憬完全相反。这与他去见万医生时的憧憬完全相反。他想要的一切，培琴都阻止让他拥有！

此刻培琴也在哭泣，现在要了断了，好像没有在厨房餐桌边最初的刹那想的那么容易。但她仍然毫不让步，任凭阿克斯勒哭得多么悲惨，她依然沉默不语。她在门口制造的那幅画面，穿着男孩气带拉链的红夹克，提着行李袋的样子，把一切都说明了：这种痛她能忍受。她都不愿意坐下来喝杯咖啡，敞开心扉来场可能走向亲密的交谈。她只想摆脱阿克斯勒，满足自己再普通不过的人性欲望，想不断地迁移，想试试别的事情。

"你不能把一切都搞得这么虚无！"阿克斯勒愤怒地叫嚣着，听了这句话，两个人中略微强势的培琴打开房门。

培琴终于开口了，抽泣着说："为了你，我拼命地追求完美。"

"他妈的这什么意思啊？追求完美什么时候成为一个问题了？'不要离开我，我喜欢这样，我不想让这样的生活忽然停止。'我真是太傻了，听信了你的表白。我真是太傻了，以为你所作的一切都是发自内心。"

"这是发自我的内心。我多么希望想看看自己能不能办到。"

"如此说来这不过是场试验，到此彻底结束了。对培琴·迈克而言不过是又一场冒险——跟在棒球队中顺手捡个投手没什么区别。"

"我再也不能做你表演的替代品了。"

"噢，别那样说！这太恶心了！"

"可事实就是如此！我就是替代品！为了弥补你缺失的那部分！"

"这是我听过的最可笑透顶的胡说八道！你自己心里清楚。去吧，培琴！如果这是你的辩辞，那就走吧！'我们就冒冒这个险吧。'我的确冒了这个险！你专捡我想听的话说，这样就可以随心所欲地从我这儿得到你想要的东西了。"

"我不会做这种事！"她尖叫着说。

"是特蕾西，对吗?"

"什么?"

"你是因为特蕾西踹了我!"

"没有，西蒙! 不是!"

"你不会是因为我没有工作而离开我! 你离开我是因为有了那个女孩! 你要去找那个女孩!"

"去哪儿是我的事情。哦，让我走好了!"

"谁拦你了? 我没有! 从来没有拦过!"阿克斯勒指着行李袋，里面塞满了挂在衣橱里、叠放在抽屉中的新衣服。"你的那些性玩具也收拾起来了?"他问道，"没落下你的套具吧?"

培琴没有回答，可是一股憎恨的念头闪过心头，或许这只是他自己对培琴眼神的理解。

"好吧，"阿克斯勒说，"带上你那套行当工具走吧。这样你父母晚上就可以睡个安稳觉——你再也不必跟一个老头厮混了。如今在你和父亲之间不会有人再插一杠子了。你可以卸掉累赘了。家人也不必警告了。安全地回到你的原位好了。挺好。继续猎取下一个目标吧。我没有气力奉陪你了。"

一个男人的道路上会布满形形色色的陷阱，培琴当属最后一个陷阱了。他饥渴地踏入这个陷阱，像世上最馋的猎物般咬住了诱饵。没有其他办法可以收场，可他最后才明白这个道理。不可思议吗？不，完全可以料得到。相处了这么长时间居然还是放弃了？显然，对培琴来说没有像他感觉的那么长。她身上迷人的一切都消失了，还有时间让她说："到此结束吧。"他被判处徒刑回到自己那个六根棍儿支撑的洞穴里，又要开始过那种孤独而又无欲无望的生活了。

培琴开着自己的车走了，崩溃的过程花了不到五分钟，这场崩溃是他本人的失足捎带来的，如今难以治愈了。

阿克斯勒爬上阁楼坐了整整一天，直到深夜，预备拉动那杆步枪的扳机，期间断断续续好几次想冲到楼下，吵醒在家睡觉的杰瑞·奥本海默，打算给哈默顿医院打个电话，想跟自己的医生聊聊，还准备拨打911。

在当天大约十二个不同的时刻，阿克斯勒准备打电话到兰辛告诉阿萨，他简直是个恶毒的杂种，居然让培琴跟他阿克斯勒对抗。他坚信事情的原委肯定与阿萨的捣鼓有关。培琴向来都挺好的，不想让家里知道他们恋爱的事情。"因为他们认识你那么长时间了，"阿克斯勒问为什么要保密时，培琴曾这样说过，"因为你们是同龄人。"如果他第一次跟培琴提出来和阿萨谈谈时就去趟密歇根，没准还有赢的机会。可是这会儿跟阿萨打电话绝对将一无所获。培琴已经走了。去找特蕾西了。去找劳拉了。去找那个梳着马尾辫的投手了。无论去了哪里，他都不用担心做一个睾丸细胞分裂远远超过八百次的高龄父亲给孩子带来的基因风险了。

吃晚饭的时候，他实在克制不住了，提着那杆枪从阁楼上下来去打电话。

卡罗尔接的电话。

"我是西蒙·阿克斯勒。"

"噢，听出来了，你好，西蒙。"

"我要跟阿萨说。"他的声音颤抖着，心跳加快了。为了继续打下去，他只好坐到厨房的椅子上。感觉很像最后一次在华盛顿试图走上舞台表演。然而，如果露易丝·雷纳不要在深更半夜打去那个报复电话告诉斯特普福德夫妇的女儿和他的事情，这一切可能就不会发生。

"你好吗？"卡罗尔问。

"还真不好。培琴离开我了。我想跟阿萨说话。"

"阿萨还在剧院。你可以试着给他办公室打电话。"

"让他来接，卡罗尔！"

"我告诉你了，他还没回家。"

"这难道不是一个绝妙的好消息吗？难道不是一场巨大的解脱吗？你们再也不用担心女儿要照顾一个羸弱老人的起居了。你们再也不用担心她得给一个疯子当管家，给一个残废做保姆了。我也用不着告诉你们毫不知情的消息了——用不着告诉你们不必帮着杜撰的东西了。"

"你是说培琴离开了？"

"我要跟阿萨说话。"

稍顿片刻，然后，跟他完全不同，卡罗尔以完美的镇定口吻说："你可以试试接到阿萨的办公室。我给你电话号码，你可以打到他那儿。"

此刻，阿克斯勒比决定打电话的那会儿还要吃不准自己干的事儿是对还是错，是懦弱还是强势。他把枪搁在厨房的桌子上，记下卡罗尔给的电话号码，什么也没再说就挂了电话。如果让他在一部戏里演这个角色，他将如何来演呢？他会怎么打这个电话呢？用颤抖的声音呢还是坚定的声音？耍小聪明呢还是野蛮粗暴？放弃呢还是暴跳如雷？与其说他演不好麦克白，还不如说更演不好那个被年轻二十五岁的情妇抛弃的老情人。卡罗尔在另一端听着的时候他是不是应该把自己的脑袋打得稀烂呢？这难道不是这出戏最好的演法吗？

当然，他可以就此罢休。可以立马不再发狂。他即便拨通阿萨的电话也不可能赢回培琴，可他还是拨了。他不必想赢回培琴。用不着赢回。不用，他只是不想被一个二流的演员击败，最终以机智取胜，而这个演员跟同属二流演员的妻子掌控着一家偏远的地方剧院。斯特普福德夫妇在纽约的舞台上玩不转，在加利福尼亚的电影界玩不转，便来制作伟大的戏剧，他想，远离商业世界的腐蚀。不，他不能被这两个平庸之辈击败。他不能成为被培琴的父母踹掉的小男孩！

电话只响了一声，阿萨就接了，说了句你好。

"让她跟我作对，到底对你有什么好处？"阿克斯勒上来就这么说，满腔激愤，憎恨地咆哮着，"当初你无法忍受她是女同性恋。她这样说的——你和卡罗尔都无法忍受。她说了后你们很震惊。跟我好上后她放弃了这一切，跟我住在一起后，她的生活方式焕然一新，而且很快乐！你从来没见过我们在一起的样子。我和培琴很快乐！可是你不感激我，却劝说她分手走人。甚至不惜故态复萌做个女同性恋而不想让她跟我在一起！这是为什么？为什么？请解释给我听。"

"首先，西蒙，你可要镇定。我不愿意听这种连珠炮似的抨击。"

"说到底你有什么特别讨厌我的？是嫉妒吗，阿萨，或许是复仇，还是妒火中烧？我哪点伤害她了？我是六十六岁了，我是没工作，我的脊椎是有毛病——这有什么可怕的？这对你女儿有什么威胁？这会妨碍我给你女儿奉献她想要的任何东西吗？我可以给培琴她可能想要的一切。我曾千方百计满足她的欲望！"

"我相信你做到了。她跟我和卡罗尔都说了很多。谁也不会错怪你的慷慨，也没有错怪。"

"你知道她离开我了。"

"我现在才知道。"

"以前不知道？"

"不知道。"

"我不信，阿萨。"

"培琴做事从来都由着自己的性子。她这辈子都这样任性。"

"培琴是照你吩咐做的！"

"关心女儿，给予指点，是我作为父亲分内的权利。如果我不这样就是玩忽职守。"

"可是你在对我们之间的一切毫不了解的情况下如何'给予指点'？你脑子里就充斥着我的幻觉，我的全部声名，我的所有成功，认为我偷走了应该属于你的东西！这不公平，阿萨，就是这样，我同样本应拥有培琴！"

难道他就不该出于好玩来表演这番对白而不必去传递歇斯底里的愤怒？难道他不该心平气和地讽刺挖苦，貌似故意说着激怒人的大话，讲点肺腑之言？噢，随性发挥吧，阿克斯勒心里对自己说。也许你就是为了好玩才表演，连自己都浑然不觉呢。

他憎恶自己的眼泪，可是顷刻间却哭了起来，为耻辱，为失败，为暴怒，所有这一切搅拌在一块儿，让他失声大哭，他只好挂断这个当初就不该打的电话。因为，到头来，对目前发生的事情要负责任的好像恰恰应该是他。没错，他是想尽一切办法讨培琴的欢心，而且，最傻的是，他把特蕾西带进他们的生活，然后一切都完蛋了。可是当初他又怎能料想得到呢？特蕾西是一场游戏中的角色，那种夫妻任何一方为了消遣和刺激去玩儿的邪恶性游戏。谁能料到在酒吧随便捡来的女人最终会让他永远失去培琴呢？谁会聪明到料事如神呢？莫非这是他出演普洛斯佩罗和麦克白运气转折的继续？这一切得归咎为愚蠢，还是只不过是他自我挖掘、深入到最终宿命某个层次的方式呢？

这个特蕾西又是何人呢？一家乡村古董店新来的女售货员。一个在乡村小酒吧里喝醉酒的孤独客人。跟他相比，这个女孩算什么啊？真不可思议！他怎么可以因为特蕾西而被抛弃呢？怎么可以被阿萨打败呢？培琴为了特蕾西离开他，因为这样无异于偷偷地把他的小姑娘拉回爸爸的怀抱？也许培琴不是因为特蕾西才离开他。也许离开他是因为家庭的反对。那又是什么导致他厌恶培琴的呢？为什么他会忽然忌讳起来呢？

他带着那杆枪走进培琴的书房，在她揭掉维多利亚贴的墙纸、画上桃红色暗影的那个房间站了片刻，她把这个房间改造成自己的房间，这跟他毫无顾虑地请她把自己与之融为一体毫无二致。他克制住朝培琴坐过的那把椅子背后射上一枪的冲动，而是坐在上面。他第一次注意到，培琴从家里带来的所有书籍都从书桌旁边的书柜里搬走了。她从什么时候开始腾空这些书架的？离开他的决定早在什么时候做出的？莫非早在她开始揭墙纸的时候就有了离开的念头吗？

现在他又克制住朝书架开枪的冲动。相反，他摩挲着曾经收藏过培琴书籍的空空荡荡的书架，徒劳地想到这几个月应该做点别的什么，才能让她留下来。

大概过了至少有一个小时，他决定不能让人发现自己死在培琴的房间，培琴坐过的椅子上。罪过不是培琴。失败在于他，就像这个自己被钉在上面、令人迷惑的传记。

给阿萨打完电话后过了很长时间，大约在午夜时分——早在几个小时前就已退回阁楼——甚至都已经把枪管放进自己嘴里了，他还是无法扣动扳机，他想起西比尔·冯·布伦来给自己鼓劲，那个生活在郊外、传统保守的女人，体重不足一百磅，连她都完成了自己设定的目标，选择了杀人犯这样一个残忍的角色，而且最终成功了。没错，阿克斯勒想，如果她能一鼓作气对那个在自己心目中视若恶魔的丈夫做出如此可怕之举，我至少能对自己下得了这个手。他想象着贯穿西比尔实施那个计划、达到那个残忍目标的钢铁意志：那种无情的疯狂，促使她把年幼的孩子扔在家里，一门心思开车到分居的丈夫家，爬上楼梯，按响门铃，举起来复枪，丈夫开门时毫不犹豫地近距离连开两枪——如果她能办得到，我同样能办得到！

西比尔·冯·布伦成为勇敢的楷模。他在内心不断重复着这个激动人心的下手口号，好像一两句简单的话语就能让他完成那桩最虚幻的事情：如果她能办得到，我同样能办得到，如果她能办得到……最后他忽然觉得自己仿佛在表演一部戏中的自杀场面。一部契诃夫的戏剧。还有什么更恰当的呢？这将延续他向表演的回归，而且，即便荒谬绝伦，即便可耻难当，即便那样会显得自己懦弱渺小，一个女同性恋十三个月的错误，居然让他恢复了一切，完成了工作。为了获得最后一次成功，把幻想化作真实，他想象阁楼相当于一座剧院，他相当于《海鸥》结局那场戏中的康斯坦丁·加夫里洛维奇·特里勃列夫。在二十五岁前后，作为一个戏剧天才，他完成了自己尝试的一切，取得了自己想要的一切成就，他出演过契诃夫戏剧中那个满腔热情、觉得自己事事失败，对工作和爱情中的失败已经绝望的青年作家。正是标志着他在纽约大获成功、由百老汇演员工作室出品的《海鸥》，让他成为那个时期最有前途的年轻演员。他踌躇满志，觉得自己卓尔不群，这出戏会带来难以预测的可能性。

如果她能办得到，我同样能办得到。

那个星期的晚些时候，清洁女工在阁楼地板上发现他的尸体时，将会看到旁边放着一张纸条，上面写着这样一句话："其实，康斯坦丁·加夫里洛维奇刚刚开枪自杀了。"这是《海鸥》最后一句台词。他，这位功勋卓著的舞台明星，这位做演员时曾凭借自己的实力广受欢迎，青春年少时人们蜂拥前往观看的人物，亲自实践了这句话。

Philip Roth
THE HUMBLING
Copyright © 2009，Philip Roth
Simplified Chinese Edition Copyright © 2020
SHANGHAI TRANSLATION PUBLISHING HOUSE（STPH）
All Rights Reserved.

图字：09‑2018‑727 号

图书在版编目(CIP)数据

低入尘埃／(美)菲利普·罗斯(Philip Roth)著；
杨向荣译. —上海：上海译文出版社，2020.10
（菲利普·罗斯全集）
书名原文：The Humbling
ISBN 978‑7‑5327‑8525‑4

Ⅰ.①低… Ⅱ.①菲… ②杨… Ⅲ.①中篇小说—美
国—现代 Ⅳ.①I712.45

中国版本图书馆 CIP 数据核字(2020)第 178596 号

低入尘埃
[美] 菲利普·罗斯 著 杨向荣 译
出版统筹/赵武平 责任编辑/邹 欢 装帧设计/COMPUS·汐和

上海译文出版社有限公司出版、发行
网址：www.yiwen.com.cn
200001 上海福建中路 193 号
杭州宏雅印刷有限公司印刷

开本 890×1240 1/32 印张 4.25 插页 5 字数 53,000
2020 年 12 月第 1 版 2020 年 12 月第 1 次印刷
印数：0,001—5,000 册

ISBN 978‑7‑5327‑8525‑4/I·5246
定价：58.00 元